陈书林 ⊙ 辑

往昔烟云

民主与建设出版社

图书在版编目（CIP）数据

往昔烟云 / 陈书林辑 . —北京：民主与建设出版社，2016.4
　　ISBN 978-7-5139-1001-9

　　Ⅰ.①往…　Ⅱ.①陈…　Ⅲ.①小品文—作品集—中国—当代　Ⅳ.①I267.3

中国版本图书馆 CIP 数据核字（2016）第 052166 号

© 民主与建设出版社，2016

往昔烟云
WANGXI YANYUN

出 版 人	许久文
辑　　录	陈书林
责任编辑	王　越
封面设计	逸品文化
出版发行	民主与建设出版社有限责任公司
电　　话	（010）59417747　59419778
社　　址	北京市朝阳区阜通东大街融科望京中心 B 座 601 室
邮　　编	100102
印　　刷	北京嘉业印刷厂
版　　次	2016 年 12 月第 1 版　2016 年 12 月第 1 次印刷
开　　本	880 mm × 1230 mm　1/32
印　　张	8.75
字　　数	195 千字
书　　号	ISBN 978-7-5139-1001-9
定　　价	38.00 元

注：如有印、装质量问题，请与出版社联系。

目录

卷首语

儒林拾摭　　001—092

/ 金岳霖痴情林徽因 / 刘文典释"观世音菩萨"/ 巴金伴妻骨灰共眠 / 汤用彤不领双薪 / 叶德辉爱书 / 柳诒徵仗义执言 / 柳诒徵不肯自领工资 / 史量才"三格"/ 陆铿300万误为3亿 / 晏阳初补充四大自由 / "违千夫之诺诺，作一士之谔谔"/ 何以国粹将亡 / 梁宗岱"中大"服膺两人 / 夏承焘提携后学 / 傅斯年孝母 / 陈寅恪的"性命之托"/ 梁启超的"四人功课"/ 陈寅恪两月未脱鞋睡觉 / 叶公超桃李遍天下 / 金庸的梦中情人 / 让巴金动情的女人 / 辜鸿铭解"妾"字 / 李叔同怜悯小虫 / 章太炎征婚 / 黄侃始乱终弃黄绍兰 / 汤国梨称黄侃"衣冠禽兽"/ 梁漱溟悼妻诗 / 辜鸿铭劝西人逛八大胡同 / 陈寅恪、傅斯年是宁国府一对石狮 / 会花钱，不给；舍不得花钱，也不给 / 沈从文的"灵魂的出轨"/ 梁思成夫妇与金岳霖终身为友，毗邻而居 / 金岳霖同居非娶 / 不是人而是鸡的事 / 林徽因的"太太客厅"/ 胡适玉成陈衡哲、任鸿隽 / 茅盾一段婚外情 / 不撒尿，下

次就找不到我家 / 怕太太协会 / 胡适的异国之恋 / 有为子女入学说者，请免开尊口 / 这是西南联大的标准 / 傅斯年好对老师突然"袭击" / 钱穆要求燕大建筑中国化 / 过去大学都是这么做的 / 师训不可违 / 张伯苓对毕业女生的告诫 / 邵洵美的妻子和情人 / 至少数页，毋间断 / 张季鸾二十字秘诀 / 教大学不如教中学，教中学不如教小学 / 熊十力教徐复观读书 / 读书则生，不则入棺 / 自由听课，不要文凭 / "赵八哥" / 有的必求甚解，有的则不求甚解 / 钱锺书启发教学 / 陈寅恪授课有深度 / 老师保护学生 / 我们这辈人，像树木一样，只能斫作柴烧了 / 逻辑学好玩 / 西南联大风气 / 吴世昌忆读文言 / 实验是可以，但是尺寸不要差得太远 / 两个痴人 / 我很累，我要休息 / 张爱玲着奇装异服去印刷所 / 老小孩鲁迅 / 梁启超演讲灵感来自牌桌 / 哪有老师去看学生的道理 / 张伯驹把文物看得比自己的性命还重 / 看错古董和错戴帽子 / 梁思成、林徽因作空军战士的名誉家长 / 胡适自掏腰包招揽人才 / 同心相牵挂，一缕情依依 / 双峰并立，两水分流 / 大师讲课的开场白 / 蒋梦麟娶朋友遗孀 / 蒋梦麟最后一次婚姻 / 金岳霖生活西化 / 金岳霖谈徐志摩"油油油，滑滑滑…" / 金岳霖赞林徽音：极赞欲何词 / 我所有的话，都应该同她自己说 / 黄永玉小号表爱心 / 马一浮母治家严谨 / 爱，就是慈悲 / 非我寡情薄义 / 胡适考证齐白石生年 / 赵元任与杨步伟结婚 / 你有看过共享牙刷的吗？ / 我得用一生去回答你 / 梁思成车祸残腿 / 郭沫若题"岳阳楼" / 饶宗颐有"三颗心" / 到门外去放屁 / 脚踩三只船？ / 周作人不打草稿 / 三脚床读书 / 双跌如雪似观音 / 手绢结缘 / 琼瑶年幼语懂情事 / 传统的结婚即是长期卖淫 / 自由是伟大的创造力 / 鲁迅的辫子 / 民国最有名的辫子 / 胡适贪便宜吃亏 / 费正清的"一半中国" / 穿裙子的士 / 林语堂恋母 / 珞珈山三杰 / 王世杰建武大有"拓荒之功" / 陈寅恪遵循礼制 / 我是中国人 / 我们都是丧家之犬 / 蔡元培别出心裁地解释"双四节" / 沈从文也很重要 / 那个女人没眼力 / 读书人变成叫化子 / 傅斯年作揖道歉 / 美丽鲜花不妨用粪水浇出 / 张元济退孙中山稿 / 杂烩"一品锅" / 我倦矣 / 林庚白诗名自负 / 大作家也曾追星 / 曾国藩幼时迟钝 / 顾颉刚口吃 / 金克木自学成才 / 鲁迅买单 / 鲁迅喜欢北大"校花"马珏 / 老舍舍不得穿新袜 / 门外有长者车辙 / 林挺生见梁实秋只站不坐 / 于光远的"喜喜"哲学 / 张中行不知饱暖 / 陌上花发，可以缓缓醉矣 / 稿费按行计算 / 丰子恺新版《送别》 / "休芸芸"引发误会 / 周有光系了领带又戴领结 / 马一浮念亡妻不再娶 / 马一浮弥留唤慰长 / 马一浮称子恺仁兄 / 林语堂"相面打分" / 鲁迅和胡适饮酒不欢 / 不懂外文的翻译家 / 过去六十九年都做错了 / 我也改你的作战计划，如何？ / 金岳霖接触社会 / 三毛解倪匡尴尬 / 三毛不生气 / 我们要尊重钱 / 棉袄里蹿出老鼠 / 鲁迅不敢男女混浴 / "三不粘" / 怨偶 / 作徽因丈夫有点累 / 里昂校园的戴望舒纪念牌 / 戴望舒嗜书如命 / 胡适的三味药 / 梁漱溟6岁还不会穿裤子 / 蒋梦麟喻三种婚姻 / 谋生经商最妙 / 沈从文推荐学生作品 / 胡适戏悼钱玄同 / 青年先要做成一个人 / 汤尔和不谈政治 / 鲁迅《自嘲》诗的由来 / 张爱玲钟情粉蒸肉 / 戒酉 / 今天是画会，敢问您也会画画吗？ / 我的爱情不是上厕所 / 吴宓"非礼勿动"的君子风度 / 熊希龄为毛彦文剃去胡须 / 燕园"归燕" / 陈岱孙终身未婚 / 我在哪里，哪里就是中国 / 史量才的《本馆启事》 / 抗战时的国立西北联合大学 / 余光中诗祭蔡元培 / 吕思勉"贬岳尊秦"被查禁 / 章太炎填户口调查表 / 汉代也许没有杨子云 / 用接近古人的方式去读古诗 / 把人性之本初的感情杀死 / 巴金营救女读者 / 意境就是心境 / 辜鸿铭论银行 / 费孝通不拘一格 / 教授与影星黄昏之恋 / 张爱玲的做人哲学 / 光华大学是华东师范大学的前身 / 杨戴鹣鲽情深 / 五等爱情论 / 灌阳唐公景嵩之孙女唐赟 / 铁肩辣手 / 必使政府听命于正当民意 / 两国交战，不便接谈 / 清华

/ 校训：自强不息，厚德载物 / 吴稚晖"自讣" / 时务学堂为湖南大学的前身 / 时务学堂故址 / 二云先生 / 杨步伟嫁妆解窘境 / 幸福要靠自己创造 / 我信仰的是人类的发展规律 / 罗家伦力主清华大学冠以"国立" / 穿军装马靴的清华校长 / 费正清不识范仲淹 / 唐晓芙的原型是赵萝蕤 / 陈梦家室内一色明代家具 / 钱锺书讽陈寅恪 / 钱锺书外语"进口不内销，提价转出口" / 读者为女主人公请命 /

沙场鼓角　　　　　　　　　　093—118

/ 台儿庄无名抗日女兵 / 误国之罪，一死犹轻 / 奥运选手　抗日英雄 / 竹林遗书 / 许国璋遗书 / 弹尽，援绝，人无，城已破 / 死的剩一个，也是主力 / 淞沪战场上的无名勇士 / 日寇"苦难的战役" / 蒋介石请求苏联空军帮助中国抗日 / "飞将军"孙元良 / 抗战中的文化惨剧 / 应为江南添壮气，湖南新到女儿兵 / 打仗不分前后 / 卢沟桥抗战29军整连仅4人生还 / 烈火白刃 / 最后一口气，最后一枪 / "飞虎队"名称由来 / 凤凰城全城挂白幡 / 芷江受降 / 三千妓女打败冯玉祥 / 高志航白金戒指为国防献金 / 七名女特工跳崖牺牲 / 佥振中怒毙日军代表 / 日本鬼子吃人肉 / 长沙会战中单兵殊死抵抗 / 父子抗日殉国 / 回眸时看小於菟 / 中国空军的"人道远征" / 抗战男士喋血七星岩 / 冯玉祥治军苛严 / 徐州会战中的一出"空城计" / 刘汝明送子当空军殉国 / 敢死队勇夺桥头堡 / 廖仲恺保全关麟征左腿 / 抗战中石牌战役胡琏行孝托孤 / 张发奎一不浪杀人，二不念旧恶 / 林徽因痛失三弟 / 愈炸愈强 / 来生再见 / 女兵微笑无惧色 / 抗日第一大捷之东北镜泊湖之战 / "铝谷" / 壮志凌云 / 蔡锷：内战乃国民之不祥 / 新四军抗日的第一枪 / 国民党溃退大陆 / 萧山农妇　毁家守土 / 四行仓

库升国旗 / 谢晋元护守国旗 / 长沙发生"文夕大火" / 为国家民族死之决心，决不半点改变 / 为国战死，事极光荣 / "辣椒炮弹"打鬼子 / 男儿欲报国恩重，死到疆场是善终 /

艺苑檀板　　　　　　　　　　119—164

/ "香港四大才子"黄霑 / 齐白石的"坐画" / 殷勤磨就墨三升 / 齐白石以真画换假画 / 梅兰芳不吃油腻 / 黄永玉画鱼买鸡 / 谭鑫培奉旨吸烟 / 傅抱石出麻疹看字典 / 旧上海评选电影皇后 / 徐悲鸿感情史复杂 / 商承祚评徐悲鸿画 / 毛、郭改诗为白石题画 / "万石稿" / 马连良收粤剧名伶为徒 / 唤你爹爹前来 / 张国荣即张发宗 / 梅兰芳"随机应变" / 萧长华卖烤白薯 / 梅葆玖入戏行 / 昨儿小媳妇，今儿大爷们 / 程砚秋谦德可风 / 余叔岩让戏 / 裘盛戎误场赏肉包 / 能为人时且为人 / 没有一句是通的 / 毛泽东改戏词 / 弟子三千皆白丁 / 李苦禅出身贫寒 / 傅聪听琴辨曲 / 梅兰芳幼年长相普通 / 鲁迅和梅兰芳的恩怨 / 演武松打虎怎么办 / 斯大林看京剧 / 幸亏信没寄 / 白石戒烟 / 相声得失 / 成龙与邓丽君性情不合 / 盖叫天原名张英杰 / 盖叫天筑"寿坟" / 琴师杨宝忠的规格 / 溥心畬食蟹30个 / 张大千喜红烧肉 / 吴昌硕麻酥糖送命 / 施酒 / "小底包"站错边 / 孙菊仙耄耋登台 / 谭鑫培《洪洋洞》成绝唱 / 中国第一部电影 / "艳星"沦为乞丐 / 胡蝶要飞走了 / 未有情缘 / 白杨幼年坎坷 / 八吊钱　一世情 / 吴冠中自毁印章 / "上海三文妖" / "课中留影" / 王人美原叫王庶熙 / 黎莉莉认黎锦晖为义父 / 聂耳反戈一击 / 溥儒不予人面子 / 吴昌硕老于世故 / 齐白石"七戒" / 李苦禅守信 / 不通比不懂好 / 梅大师想念"豆汁张" / 言慧珠偷学成才 / 三毛的"忘年恋" / 在那遥远的地方 / 金少山养宠

物 / 徐悲鸿不送裸女画 / 齐白石痴看新凤霞 / 赵丹追求秦怡 / 原配夫人，别无分号 / 龙套照样有出息 / 王立平为电视剧《红楼梦》作曲 / 是四十四只，你数！/ 抓紧了，不要掉下来 / "京剧"之名始于沪 / 名伶去次上海，能吃一年 / 文明戏 / 腿上五道手指印 / 作假高手张大千 / 旧伶学戏 / 谭富英像个老生 / 中国第一张唱片 / 齐白石告白三则 / 李香兰与川岛芳子命运各异 / "霓虹灯"式的女人 / 戏班旧规 / "安可"即叫好 / 芭蕉的心是左旋还是右旋 / 民国明星收入 / 王瑶卿评四大名旦 / 长沙京剧女角之始 / 长沙京剧班社初始不入小西门 / 叶德辉"才子加痞子，宠爱女戏子" / 马连良引见李慕良拜徐兰沅为师 / 马连良的最佳搭档 / "坠子皇后"死于贫病交加 / 中国不会亡！/ 程砚秋回国"益见肥硕" / 男马路女马路 / 张伯驹初见潘妃惊为天女 / 无枫堂 / 孙、蒋重见，斯人已去 / 将昆曲当成爱好 / 义勇军进行曲

岁月留痕　　　　　　　　165—188

/ 吴稚晖"三不" / 吴稚晖挨耳光 / 毛人凤在哪里？/ 做官的是三等人才 / 民国清官石瑛 / 学者的良知和责任 / 请他滚蛋 / 龚德柏枪指二上将 / 湘越皆有伟人 / 冯玉祥讽日本 / 哪有先生不说话 / 蒋廷黻跻身政坛 / 张勋头颅值几何 / 顾维钧待人必称"您" / 不堪酒贱酬知己，惟有清茗对此心 / 孙中山的幽默 / 袁世凯评孙黄 / 政治小算盘 / 一觉醒来，和平已经死了 / "民国炮手"张奚若 / 余绍宋敢传讯国务总理 / 康有为没有胡子当不成宰相 / 无谋、无城、无谱 / 官僚的作风就是姨太太的作风 / 赵四风流朱五狂，翩翩胡蝶正当行 / 女勿悲，儿勿啼 / 汪精卫替蒋介石挨枪 / 汉奸汪精卫坐"海鹣"去日 / 梅汝璈傲骨如梅 / 五个第一 / 陈诚土木

系/孙中山的遗体在哪里/金陵永生/舍一生拼与艰难缔造，孰为易/国民党当初不接受女性/华润两根金条起家/伤心之地/"民权"的第一步就是要知道如何开会/大局定矣，来日正难/空飘海漂的"心战"/此人该杀/黄埔军校差点叫"东山军校"/罗家伦下马草檄五四宣言/三四道菜就可以了/宋教仁不用清朝纪年/宋教仁评孙中山/宋教仁"革命三策"/黄兴拒绝向孙中山宣誓效忠/为日本去一大敌/蔡锷遗电/黄万里至死记挂江河/伏荞堪虞，为国珍重/中英庚款董事会/何应钦"讨伐勤王"/陶行知介绍白求恩到中国/

流年逝水   189—228

/王陵基与蒋争风吃醋/蒋见岳母　送礼大方/叶飞的菲律宾籍/炒作《新青年》/冯玉祥"死了"/黄兴挽宋教仁/李振翩为杨开慧接生/一个真正的人/袁世凯饭量大/中国拍X光片的第一人/两国总统的后裔联姻/一诺成夫妻/阎锡山自拟挽联/军阀办学/黄埔唯一的冒名顶替生/"私家定制"《顺天时报》/袁克定"粗茶淡饭仪如旧"/挂银牌的鱼/王赓是西点军校的光荣/北洋军仿效德军/何健生的"820"/谜底便是"李白"/廖仲恺不娶小脚/最美的军统女特务徐来/宋楚瑜乃宋达长子/张作霖感谢教师/蔡锷巧对取风筝/陈诚"三炮起家"/杜月笙援手章士钊/冯玉祥面试择偶/杨府第"十二钗"/段祺瑞成全姨太太婚姻/张治中不弃乡下妻/陈公博赌咒一语成谶/陈明仁顶撞蒋介石/陈明仁糟糠之妻不下堂/戴笠忌讳"十三"/阎锡山的"种能洞"/胡宗南不想去台湾/何应钦晚年养兰花/于凤至一直深爱张学良/段祺瑞棋坛佳话/玉帅部下哪个不穷/孙立人将军的

/"小楼之恋"/陆荣廷枪法神准/段祺瑞欠债/韩复榘不是大老粗/世人漫道民生苦，苦害生民是尔曹/吴佩孚不做"中国王"/吴佩孚自撰对联/沈峻即沈崇/孙文原配卢氏/方志敏灭亲/陈璧君撕毁英国护照/胡宗南看不上孔二小姐/谭延闿母出身侍妾/谭延闿不背亡妻/曹汝霖施舍棉衣/"亲日派"曹汝霖不当汉奸/康有为四姨太的不伦恋/那是写给老百姓看的/风雨一杯酒，江山万里心/"裙带花"向影心/左舜生的"恶作剧"/梁启超深为李鸿章怜/袁世凯骗过冯国璋/阎锡山：中国精神在乡村/宋庆龄养女隋永清/洗五十打/张静江资助孙中山/大璞未完总是玉，精钢宁折不为钩/落榜黄埔 女生气死/严重隐居/宋庆龄称孙中山"Dr. Sun"/杜聿明怕"共产"入国民党/"三位煮鸡，萝卜大葱"/陈其美五岁识字两千/张勋无奈救姨太/蒋纬国与夫人长期分居/开国大典小插曲/夫妇生死相随/"飞将军"蔡锷/海明威抗战时访重庆/蒋介石误将车祸作炮伤/蔡锷的减薪/张自忠夫人悲绝而死/薛岳看不起白崇禧/周作人向毛润之问好/恨不抗日死，留作今日羞/张学良晚年避谈杨虎城/毛泽东惟一诗悼的国军将领/

红尘碎影　　　　　　　　　　　229—261

/最早的空姐/一百五十斤柴只换一两盐/徐树铮还书钱/张宗昌老母不可辱/张宗昌求雨/蔡锷和小凤仙的交往不背家人/杜月笙重视对子女的教育/我不希望我死后你们到处要债/杜月笙对外孙女的忠告/咬口生姜喝口醋/原来烧饼是热的/愚人节新闻弄假成真/守身如玉的杨韫/一段错失的"娃娃亲"/"唐瑛款"洋服/自家人不识自家人/莫名其妙的"通敌罪"/"小脚女

人"视为辱国 /《良友》红极一时 / 露着半截胳臂，成个嘛样子 / 落籍妓院的女匪首 / 13个子女都成为博士 / 你过你的年我过我的年 / 民国征婚 / 长沙妹子大方开通 / 民国"天乳运动" / 阮玲玉死了，我们活着还有什么意思？ / 山西没有一家孔子后人 / 当街吸烟割其唇 / 徐家汇由徐光启而名 / 民国政府新礼制：脱帽鞠躬 / 民国后女子始上班 / 第一批中国股民 / "梳头婆"到理发店 / 月份牌造就广告人 / "大重九"香烟来历 / "访员"为湘省第一代记者 / 民国初扼杀中医 / 名医诊金一银元 / 严仁美出生时无发 / 蔡康永母亲是标准上海名媛 / 第一个将轿车开进校园的复旦校花 / 不失名媛之优雅 / 麻袋装钱购物 / 20世纪二十年代教师工资 / 汉口悦昌新绸缎局员工待遇 / 唐群英创办湖南职业女学 / "五四"精神：允公、允能 / 挽赛金花联 / 老北京"东富西贵" / 林语堂《论语》讽法币 / 徐世昌为鸟辞佣人 / 梅贻琦夫人韩咏华生活艰苦 / 教授夫人的"定胜糕" / 中国广告业发轫于上海 / 新新公司"玻璃电台" / 上海最早使用自动扶梯 / 先施公司率先雇用女店员 / 老太太不识简体字 / 药房证真广告 /《申报》广告："唱戏机器" / 文凭做假 / 不幸周郎竟短命，早知李靖是英雄 / "小凤仙"晚年窘迫 / 陪嫁丫环王桂荃 / 风云母女，晚景凄清 / 把学校还给我 / 小学生不向汪精卫敬礼 / 长沙学生组织的"晨呼队" / 王妃离婚 / 湘雅毕业生美国均授博士 / 民国戒烟 / 民国房价 / 中国第一块汽车牌照 / 光绪年有自行车 / 民国公务员考试 / 南京"绿肺"由来 / "大闸蟹"考 /

卷首语

　　予少壮时，喜读《世说新语》、郑逸梅掌故小品，觉其无论记人述事，虽着墨如金，皆活脱脱跃然纸上，宛如片石盆景，玲珑中藏奇峰秀水，园林别院，咫尺间蕴旖旎风情；细读玩味，如啜佳茗，两颊留香，余韵无穷。予今老矣，然读此类文章兴趣未减。尝读书报、上网络，均留意搜罗，且信手收藏，发于微信，诸友不吝点赞，予弟书良更介绍许久文先生结集出版，言"一则体现汝退休闲适生活，二则可供诸多同好者品赏"，五柳先生云：奇文共欣赏，诚哉斯言！故有此《往昔烟云》。

　　予所搜罗短文片语，内容大抵撷取民国期间文坛艺苑、党政军界之人物事件，或亦涉及晚清（极少）、新中国值得一读之轶闻趣事；所摘之文，长者不过三四百字，短者仅数十文字，皆零散纷繁，不成系统。为方便诸君阅读，予归类略加整理，但仍你中有我，我中有你，难得清晰了然。予以为，此类文字，本来散漫随意，诸君阅读，也就随意些好，君以为然否？

—— 愚庐陈书林

儒林拾撼

⊕ **金岳霖痴情林徽因**

有人整理林徽音作品，探访晚年的金岳霖。来访者把一本用毛笔大楷抄录的林徽因诗集给他看，他轻轻地翻着，回忆道："林徽因啊，这个人很特别，我常常不知道她在想什么。好多次她在急，好像做诗她没做出来。有句诗叫什么，哦，好像叫'黄水塘的白鸭'，大概后来诗没做成……"慢慢地，他翻到了另一页，忽然高喊起来："哎呀，八月的忧愁！"他接着念下去："哎呀，'黄水塘里游着白鸭，高粱梗油青的刚过了头……'"他居然一句一句把诗读下去。末了，他扬起头，欣慰地说："她终于写成了，她终于写成了！"

最后，来访者取出一张泛黄的32开大的林徽因照片，问他拍照的时间背景。他接过手，大概以前从未见过，凝视着，嘴角渐渐往下弯，像是要哭的样子。许久，像小孩求情似地说："给我吧！"

⊕ **刘文典释"观世音菩萨"**

课堂上学生问国学大师、清华大学国文系主任刘文典："怎样才能把文章写好？"刘答："只要注意'观世音菩萨'

就行了。"众不解，他解释："'观'是要多多观察生活；'世'是要明白社会上的人情世故；'音'是文章要讲音韵；'菩萨'是要有救苦救难、为广大人民服务的菩萨心肠。"

⊕ 巴金伴妻骨灰共眠

文革期间巴金受到迫害，萧珊也受到非人的待遇。1972年7月萧珊因患癌症住院，巴金在干校劳动不允许探望，于是萧珊只得独自在医院接受治疗，半个月后含冤长辞人世。萧珊去世的3年之后，巴金才获许把萧珊的骨灰捧回，巴金将妻子的骨灰放在自己的枕边，每夜与之共眠，一直到2005年，巴金去世。

⊕ 汤用彤不领双薪

汤用彤四十年代在北大教书时，傅斯年曾请他兼一个办事处的主任，每月送一份薪金。可当发薪时，他却如数将薪金退回，说："我已在北大拿钱，不能再另拿一份。"

⊕ 叶德辉爱书

湖南农民运动中被农民协会处决的大学问家叶德辉爱书如命，他的名言"老婆不借、书不借"。他在北京应会试时，不好好复习应考，每天到琉璃厂、隆福寺等书肆访书。光绪十年以后，一些大藏书家的书陆续散出，叶德辉倾其全力购买，一大批珍贵图书文物都落入了他的怀抱。他在长沙的藏书楼观古堂藏书30万卷，装满了1368个书箱！

⊕ 柳诒徵仗义执言

抗战胜利后，柳诒徵为江苏省参议员，凡关乎国计民生，他总仗义执言。一次会议，省主席及各厅厅长均列席被质询。当时教育厅长为一事指责议员吹毛求疵，柳诒徵当场手指该厅长声色俱厉地训责："你是我在高等师范的及门学生……没有民主修养就不配列席会议，就不配做民主国家官吏。"全场掌声雷动。

⊕ 柳诒徵不肯自领工资

柳诒徵在两江师范学堂执教，当时为尊师起见，每个月的工资都是会计亲自送给教师，可两江师范的会计不懂这些，要教师自己去领。柳为了维护师道尊严，几个月不去领工资，学期结束就请辞。校长李梅庵问清原因，重重批评了会计，才把柳诒徵留下。

⊕ 史量才"三格"

《申报》大力宣传抗日救国，反对妥协退让，敢于抨击时弊，揭露当局的黑暗统治。1932年7月至8月，被蒋介石禁止邮递达35天之久。之后，蒋介石找史量才谈话，威逼说：把我搞火了，我手下有100万军队！史量才回敬说：我手下也有100万读者，我们也不敢得罪！

史量才告诫同人：人有人格，报有报格，国有国格。三格不存，则人将非人，报将非报，国将不国。

⊕ 陆铿300万误为3亿

抗战时，陆铿在报纸上发文章，说宋子文的公司用了3亿贷款，全国震动！当时全国一共只有5亿外汇。后来发现小数点点错了，只有300万，还是用来买军火的。结果在报纸不显眼处登了个更正了事。

⊕ 晏阳初补充四大自由

二战末期，美国总统罗斯福提出著名的四大自由：言论自由、信仰自由、免于匮乏的自由、免于恐惧的自由。中国平民教育家晏阳初补充了一条，就是要有"免于愚昧无知的自由"。

⊕ "违千夫之诺诺，作一士之谔谔"

冯友兰为"国立西南联合大学纪念碑"所写碑文，可与清华陈寅恪为王国维所写之碑文媲美：万物并育而不相害，天道并行而不相悖，小德川流，大德敦化，此天地之所以为大。……外来民主堡垒之称号，违千夫之诺诺，作一士之谔谔。

⊕ 何以国粹将亡

20世纪20年代，梁启超在东南大学，其门生罗时实等问："国粹将亡，为之奈何？"梁启超反问："何以国粹将亡？"门生答道："先生不见今日读经之人之少乎？"梁启超听后勃然拍案说："从古就是这么少。"

⊕ 梁宗岱"中大"服膺两人

梁宗岱教授一向在"中大"以"狂、怪"著称，"中大"校长陈序经在认识他之前，对梁的经历已熟悉有加。50年代，梁陈两家面对面，梁家没有电话，就利用陈校长的电话，所以出现校长亲自跑来充当电话传呼的情况，可谓"服务到家"。梁宗岱在"中大"只佩服两个人，一是陈寅恪，一是陈序经。

⊕ 夏承焘提携后学

邓广铭回忆夏承焘对他的恩情，"夏先生有大恩于我。抗日初期，我从北平经河内去昆明找西南联大，特意弯到杭州去拜见他。我是小字辈的后学,刚刚开始两年,谁知他看了我的材料,不仅称赞有加,而且竟将他自己搞了多年的研究稼轩词的材料,悉数交给了我。并且说,有了你邓广铭研究稼轩词,我就可以不往下作此项研究了。"

⊕ 傅斯年孝母

史学大师傅斯年,对母亲极其孝顺。七七事变后,傅斯年委托一位办事员去接母亲和侄儿。侄儿接来了,当听母亲没逃出来,傅大怒,当场打了侄儿几个耳光。随后,他将已过古稀之年的母亲从安徽接到重庆。每言及母亲逃难之事,傅总怀歉疚之情,他曾对同事说:"老母亲能平安至后方,否则将何以面对祖先?"

⊕ 陈寅恪的"性命之托"

陈寅恪晚年,在病榻上将编定的著作整理出版全权授与蒋天枢。这被后辈学人视为他一生学问事业的"性命之托"。蒋天枢是陈寅恪早年在清华国学研究院的学生。1949年后,十余年间两人只见过两次。陈寅恪目睹了太多昔日亲密无间的师友亲朋,一夜之间反目为仇的事情,但他信赖晚年只有两面之缘的蒋天枢。

蒋天枢值得陈寅恪这种信赖。1958年,他在其《履历表》"主要社会关系"一栏中写道:"陈寅恪,69岁,师生关系,无党派。生平最敬重之师长,常通信问业。此外,无重大社会关系,朋友很少,多久不通信。"

⊕ 梁启超的"四人功课"

梁启超倡导"诗界革命"和"小说界革命",还大力提倡趣味主义人生观。就他的标准而言,麻将显然也是种"趣味"的游戏。1919年,梁启超从欧洲回国。一次,朋友约他某天去讲演,他为难地说:"你们订的时间我恰好有四人功课。"朋友不解,听解释后方知,原来是约了麻将局。

⊕ 陈寅恪两月未脱鞋睡觉

1941年冬,陈寅恪赴英接受剑桥大学聘请时,日军发动太平洋战争进占香港,困居九龙半年,典衣卖物生活困苦。日本人松荣送来面粉,陈先生力拒,宁愿饿死也不吃日本人的。日本人拿四十万日元强付先生办理东方文化学院,先生回绝。后被朱家骅搭救,脱离困境辗转桂林,抵达时已两月未脱鞋睡觉。

⊕ 叶公超桃李遍天下

叶公超的学生可谓桃李遍天下,他在十四年的教授生涯中,培养了济济英才,废名、梁遇春、钱钟书、卞之琳、季羡林、杨振宁、穆旦、许渊冲……都是他的学生。一位学生说:"他已长眠地下,他的桃李芬芳遍满五洲,每一个弟子都是他的活纪念碑。"

⊕ 金庸的梦中情人

夏梦,原名杨濛,苏州人,1933年2月16日生于上海。金庸说:"西施怎样美丽,谁也没见过,我想她应该像夏梦才名不虚传。"金庸为了接近她而加入她所在电影公司,但被夏梦坚决拒绝,便死心离开公司。在他的小说《射雕英雄传》及《神雕侠侣》中,黄蓉和小龙女,同样的美貌可爱。后来才知,原来这样神仙似的女子,生活中的原型就是夏梦。

⊕ 让巴金动情的女人

1936年,有一个女高中生给巴金写的信最多,他们通信达半年之久。最后,还是女孩在信中提出:"笔谈如此和谐,为什么就不能面谈呢?"女孩主动寄了张照片给巴金,经过8年的恋爱长跑,年届不惑的巴金与这个名叫萧珊的女孩结为连理。比巴金小13岁的萧珊是第一个也是惟一一个让巴金动情的女人。

⊕ 辜鸿铭解"妾"字

辜鸿铭既会讲英国文学,又鼓吹封建礼教。他当北大教授时，一次他和两个美国女士讲解"妾"字，说"'妾'字，即立女；男人疲倦时，手靠其女也。"这两个美国女士一听，反驳道："那女子疲倦时，为什么不可将手靠男人呢？"辜鸿铭从容申辩："你见过1个茶壶配4个茶杯，哪有1个茶杯配4个茶壶呢，其理相同。"

⊕ 李叔同怜悯小虫

弘一法师李叔同曾到学生丰子恺家，丰请法师就坐。法师把藤椅轻轻摇动，然后慢慢坐下去。如此多次后，丰问何故，法师答说："这椅子里头，两根藤之间，也许有小虫伏动，突然坐下去，要把他们压死，所以先摇动一下，慢慢地坐下去，好让它们走避。"

⊕ 章太炎征婚

章太炎是最早刊登征婚启事的名人之一，有人问他择偶条件，他说："人之娶妻当饭吃，我之娶妻当药用。两湖人甚佳，安徽人次之，最不适合者为北方女子，广东女子言语不通，如外国人，那是最不敢当的。"后经蔡元培做媒，认识30岁的浙江乌镇才女、上海务本女校"皇后"汤国梨，1913年在上海静安寺哈同花园举行婚礼。

⊕ 黄侃始乱终弃黄绍兰

黄绍兰是国学大师章太炎唯一女弟子,丈夫则是另一国学大师黄侃。黄绍兰在感情方面很不幸,黄侃对其伤害很深。

黄绍兰去上海开办博文女校时,黄侃跑到上海去追求她。其时,黄侃的发妻王氏尚未下堂,黄侃心生一计,骗取黄绍兰与自己办理结婚证书,用的是李某某的假名。

不久,黄侃回北京女师大教书,与一苏州籍的彭姓女学生秘密结合。黄绍兰闻讯,如五雷轰顶。父亲恨她辱没家风,一怒之下,与她断绝父女关系。婚姻折戟沉沙,慈父断绝亲情。双重的打击,使黄绍兰饱受炼狱之苦。虽然后来她先后任章太炎国学讲习会讲师、广州中山大学国文系教授、上海震旦女子文理学院教授兼国文系主任等,但难抹黄侃给她心灵投下的阴影,终于还是疯掉了,而且自缢身亡。

⊕ 汤国梨称黄侃"衣冠禽兽"

国学大师黄侃个性狂狷、放荡不羁,好女色,他一生结婚九次,经常用假名和女子结婚,报刊曾有"黄侃文章走天下,好色之甚,非吾母,非吾女,可妻也"之说。章太炎夫人汤国梨曾直斥黄为"小有才适足以济其奸"骂他是"无耻之尤的衣冠禽兽"。章则不以为然,对黄的放荡行径表示足够宽容。

⊕ 梁漱溟悼妻诗

1935年，梁漱溟前妻黄靖贤去世，梁写了一首悼妻诗："我和她结婚十多年，我不认识她，她也不认识我。正因为我不认识她，她不认识我，使我可以多一些时间思索，多一些时间工作。现在她死了，死了也好。处在这样的国家，这样的社会，她死了使我可以更多些时间思索，更多些时间工作。"

⊕ 辜鸿铭劝西人逛八大胡同

辜鸿铭曾劝西方人，若想研究真正的中国文化，不妨先去逛逛八大胡同。因为从那些歌女身上，可以看到中国女性的端庄、羞怯和优美。对此，林语堂评论说：辜鸿铭没有大错，因为那些歌女，像日本的艺妓一样，还会脸红，而近代的大学生已经不会了。

⊕ 陈寅恪、傅斯年是宁国府一对石狮

一战后，欧洲男女比例严重失调，德法尤甚。留欧学生中不少人都与洋女有过一夕之欢，其中不乏携洋妇归国者，如张道藩、谭伯羽、徐仲年等人。陈寅恪和傅斯年却洁身自好，从无绯闻。当时留欧的学子都称："陈寅恪和傅斯年两人是宁国府大门口的一对石狮子，是最干净的。

⊕ 会花钱，不给；舍不得花钱，也不给

20 世纪 80 年代初，香港女作家林燕妮和亦舒分别给金庸主编的《明报》写专栏。每日一篇，很是辛苦。一年后到续约时，林燕妮跑来找金庸要求涨稿酬，金庸不同意："你那么爱花钱，给你再多也是全花光的，不给！"过几天亦舒也要求涨稿酬，金庸也是一口回绝："你那么节俭，给你再多你也舍不得花，不给！"

⊕ 沈从文的"灵魂的出轨"

沈从文婚外恋的对象是诗人高青子。当时，高青子在熊希龄家当家庭教师。有一次沈从文去拜访熊希龄，熊希龄不在，高青子出面接待，初次见面双方都留下了好印象。一个月后，两人又一次相见，高青子故意按照沈从文某小说描述的情节打扮自己。含蓄地表达了对沈从文的好感。沈从文何等敏感，自然心领神会，两人越走越近。

沈从文与高青子的关系，深深地伤害了张兆和。沈从文也很痛苦，他跑到梁家向林徽因倾诉，请她帮忙整理一下自己"横溢的情感"。后来，林徽因提了一个很耐人寻味的建议，让他去找金岳霖谈谈，"他真是能了解同时又极客观极懂得人性，虽然他自己并不一定会提起他的历史"。最终，深爱妻子的沈从文及时刹车了，然而这种"灵魂的出轨"虽没导致家庭破裂，却加深了夫妻间的不理解。

⊕ 梁思成夫妇与金岳霖终身为友，毗邻而居

1930年代初，梁思成从外地考察回家，林徽因哭丧着脸对他说："我苦恼极了，因为同时爱上了两个人，不知怎么办才好。"林徽因此刻的神情一点儿也不像一个妻子，却像个小妹妹在向哥哥讨主意。梁思成一夜未眠，第二天，他把自己的想法告诉了妻子："你是自由的，如果你选择了老金，我祝愿你们永远幸福。"林徽因后来又将这些话转述给了金岳霖，金岳霖回答："看来思成是真正爱你的，我不能伤害一个真正爱你的人，我应该退出。"于是从此三人终身为友，毗邻而居。

⊕ 金岳霖同居非娶

金岳霖的嫡传弟子、中国社科院哲学所的诸葛殷同说："金先生任北京大学哲学系主任时，曾对我同班同学公开承认他曾与一美国在华女士同居过。他认为：同居非娶。

杨步伟（著名语言学家赵元任夫人）《杂记赵家》曾载：1924年杨步伟与赵元任在欧洲旅行时，遇见过金岳霖。其时，金正在欧洲游学，外国女朋友中文名秦丽莲，与金一起来到欧洲。1925年，金岳霖回国，秦丽莲也随之来到中国。她倡导不结婚，但对中国的家庭生活很感兴趣，愿意从家庭内部体验家庭生活。1926年，经赵元任介绍，金岳霖到清华教逻辑。金岳霖不住在清华，而是与秦丽莲一起住在北京城里。……从以上尚可知，金岳霖虽然没有结婚，但是同居

的事还是有的。"

⊕ 不是人而是鸡的事

1920年代末在北平时,金岳霖来电话请杨步伟进城,说有要紧的事相托。杨问什么事,金不肯说,只是说来了就知道了,越快越好,事办好了请吃烤鸭。杨步伟是位妇产科医生,她以为是秦丽莲怀孕了,连忙说犯法的事情我可不做。金回答说大约不犯法吧。杨步伟和赵元任这才将信将疑地进了城,到金岳霖家时,秦丽莲来开门,杨步伟还死劲地盯着她的肚子看。进门以后,杨才知道不是人而是鸡的事。金养了一只鸡,三天了,一个蛋生不下来。杨步伟听了,又好气,又好笑。把鸡抓来一看,原来金经常给它喂鱼肝油,以至鸡有十八磅重,因此鸡蛋下不来,但是已有一半在外面,杨步伟一掏就出来了。金岳霖一见,赞叹不已。事后,为表庆贺,他们一起去烤鸭店吃烤鸭。

⊕ 林徽因的"太太客厅"

"太太客厅"的得名,源于林徽因与冰心的一点过节。

冰心较林徽因大四岁,两人是福建同乡。冰心和林徽因一样,才华横溢,早早就在文学界显露头角。所不同的是,林徽因基本按照自由文人的路径前行;冰心在经受了五四新潮的洗礼后,则逐步倾向革命,时不时利用文学书写革命激情。于是,她以林徽因家庭聚会为素材,写了一篇小说叫

《我们的太太客厅》。

哲学家金岳霖一针见血地言道：这篇小说"也有别的意思，这个别的意思好像是30年代的中国少奶奶有一种'不知亡国恨'的毛病"。林徽因读到冰心的这篇小说时，正和梁思成等人在山西大同等地考察古建筑和历史文物。她回到北京后，派人给冰心送了一坛子山西陈年老醋。其心中的不满和激愤，于此皆明，而且手段巧妙：既显示了她的豁然大度，也让冰心酸味尽尝，颇难还手。

⊕ 胡适玉成陈衡哲、任鸿隽

胡适是个风云人物，红颜知己不少，还有美女倒追。其中有一个美女是他一起留学美国的同学陈衡哲，这是一位美女兼才女，清华大学第一届女生，也是个追求者众多的风云人物，无数男子拜倒在她石榴裙下，可她偏偏对胡适情有独钟。而胡适坐怀不乱，不仅能抵抗住美女的诱惑，而且还非常大方地把这位美女让给了自己的好朋友任鸿隽，极力促成他们二人的好事。结果真的成就了这两位的美满姻缘，胡适这个媒人十分高兴，在这两人订婚的当晚，胡适特意在鸡鸣寺请他们吃饭，表示祝贺，还写了一首诗《我们三个朋友》。

⊕ 茅盾一段婚外情

1928年6月，茅盾经复旦大学教授陈望道的介绍，与秦德君同去日本。秦德君是四川忠县人，1922年加入中国共产党。

轮船到达日本神户,日本宪兵照例要检查。茅盾与秦德君站得很近,日本宪兵误以为他们是夫妇,指着秦德君问茅盾:"她是你的夫人吗?"茅盾随口用英语回答:"是的,她是我亲爱的妻子。"秦德君也没有申辩。

到东京后,他们的感情日益加深。这年的冬天,茅盾和秦德君同居了。

1930年4月初,茅盾和秦德君一起回到上海,依然同居。此时,秦德君又怀了茅盾的第二个孩子。茅盾的妻子孔德沚三天两头来哭闹,茅盾的母亲要求他恢复与孔的婚姻关系。由于母命难违,加上经济拮据以及一些复杂的社会原因,他俩分手了。

新中国成立后,秦德君历任第二至第六届全国政协委员。1985年4月,年近八十的她,在香港《广角镜》月刊上发表了《我与茅盾的一段情》,她与茅盾的情感往事方为世人所知。

⊕ 不撒尿,下次就找不到我家

有神医之称的王敬义是梁实秋的好友。他每次离开梁实秋家的时候,总偷偷在其门口留下一泡尿才去,梁实秋对此一直装做不知。有一天,王自己憋不住了,自我曝短,但又不乏得意之情地问梁实秋:"每次我都撒泡尿才走,梁先生知道吗?"梁微笑着说:"我早知道,因为你不撒尿,下次就找不到我家啦!"

⊕ 怕太太协会

胡适太太江冬秀属虎,胡适属兔是个标准儿的"妻管严"。不仅把怕老婆当做口头禅,还喜欢收集世界各国怕老婆的故事和有关证据。朋友从巴黎捎来 10 枚铜币,上面铸有 P. T. T 的字样,胡适顿生灵感,说这三个字母不就是"怕太太"的缩写吗?于是将铜币分送好友,作为"怕太太协会"的证章。

⊕ 胡适的异国之恋

1914 年,在美国留学的胡适遇到了韦莲司。

韦莲司比胡适大六岁,但她的人品、学识以及见解,都让胡适仰慕不已。胡适的到来,也让韦莲司第一次体验到了"人生得一知己"的快乐。在 1915 年 1 月,胡适访韦莲司于纽约曼哈顿寓所时,两人"纵谈极欢",但由于胡适的胆小慎微,颇让韦莲司失望。后来加上韦莲司母亲的反对,以致棒打鸳鸯散。

尽管如此,1927 年胡适赴美,两人重逢于伊萨卡,这次重逢,两人理不束情,韦莲司说"一堵高不可测的石墙,只要我们无视于它的存在,它在一时之间就能解体消失。"1933 年,胡适访美,两度与韦莲司见面,他在 25 日的信中说:"星期天美好的回忆将长留我心。……风暴过去,而新月终成为满月。"

1939 年 6 月间,胡适回到康奈尔参加校友返校活动,两人又见了一面。韦莲司送了一个刻有胡适名字的戒指给胡适。

1962年2月，胡适逝世。韦莲司写信给胡适之子胡祖望，委托在故友的墓前献上"一个小小的不显眼"的花篮；此外，固执的她仍然"想捐一笔钱，做为你父亲文章英译和出版的费用。这件事不必说出去，就简单的汇入中研院作为这个用途的基金就行了"。

韦莲司为胡适所做的最后一件事，是整理胡适写给她的书信。1965年，韦莲司把近50年中胡适给她寄发的所有函件寄给远在台湾的江冬秀。

在巴贝多岛，终身未嫁的韦莲司，走完了没有胡适的最后9年，享年85岁。

⊕ 有为子女入学说者，请免开尊口

为力刹新生录取的说情之风，台湾大学校长傅斯年多次在报端发表公开声明，称假如自己以任何理由答应一个考试不及格或未经考试的学生进来，就是对校长一职的失职。所以他奉告至亲好友千万不要向他谈录取学生事，"只要把招生简章买来细细照办，一切全凭本领了，而其他是毫无通融例外之办法"。如果有人查出他有例外通融之办法，应由政府或社会予以最严厉之制裁。他还在校长室门前树起一块告示牌，上书曰："有为子女入学说者，请免开尊口！"

⊕ 这是西南联大的标准

台大讲师殷海光上课，因为评分标准严格，期末大批学生逻辑课程不及格，家长跑到傅斯年那里告状，傅斯年高声重复了殷海光的理由：这是西南联大的标准！因为傅斯年目标是要把台大办成一流的大学，成为台湾的学术文化中心。

⊕ 傅斯年好对老师突然"袭击"

傅斯年惯常对一些老师进行突然"袭击"，使敷衍塞责的教师如老鼠过街无法容身。他曾给台大每位任课教师发了一份通知，说本校长说不一定哪天就要听课，请不要见怪。教师们对领导听课本是见怪不怪，可是这个眼里容不下沙子的傅校长可不一样，他听完课后就有人因此而丢掉饭碗，一旦关系到饭碗问题还是挺让人战战兢兢的。那会儿的台湾经济凋敝，工作机会少之又少，失去教职就得下岗饿肚子了。这个"大炮"校长一向雷厉风行，说到做到，结果一个学期下来真被他"听"走了好几位教员。因为傅斯年经常去听课，学校很多教师的水平他了如指掌，所以他当校长两年来因学力、教学水平低而被炒鱿鱼的教授、副教授多达七十余人。但出身贫寒的他始终对下属有颗仁慈而悲悯的心。他明白一些大学教授被解雇后可去之处甚少，其中被他解聘的几位教师生活特别穷困，他又充满人情味地动用多方关系，把他们安置到台大图书馆，并续发了一年的聘书缓解他们的困难。

⊕ 钱穆要求燕大建筑中国化

1930年，钱穆到燕京大学任教，校长司徒雷登问他对燕大印象如何,他答道:"起初听说燕大是中国教会大学中最中国化的大学,心中特别向往。我来燕大一看,才发现并非如此。一入校门就看到 M 楼和 S 楼,这难道就是中国化吗?我希望将燕大各建筑都改为中国名。"

不久,燕大专门召开会议,决定改 M 楼为穆楼,S 楼为适楼,施德楼为贝公楼(James White Bashford(1849—1919),中文名字曾被先后翻译成贝施德或贝施福,此楼名为施德或贝公皆是为纪念此人,但是否为钱穆所改,尚难证实,且备一说),其他建筑一律赋以中国名称。钱穆还为校园的一个湖取名叫"未名湖"。

⊕ 过去大学都是这么做的

20 世纪 50 年代初,留英回来的王竹溪(杨振宁在西南联大时的老师)到山东大学讲学,讲座中途,束星北走到台上说:"我有必要打断一下,因为我认为王先生的报告错误百出,他没有搞懂热力学的本质。"他捏起粉笔一边在王先生写满黑板的公式和概念上打叉,一边解释错在哪里。一口气讲了大约四十分钟。王竹溪一直尴尬的站在一边。校领导为此找束星北谈话,束星北说:过去大学都是这么做的。

⊕ 师训不可违

1929 年,梁启超病情渐趋恶化,学生谢国桢和萧龙友劝他停止工作,加强休息。梁说:"战士死于沙场,学者死于讲坛。"不久不治而逝。

1982年，谢国桢因病住院，犹坚持看书不已，萧龙友的儿子萧璋去看他，劝他养病期间不要看书，注意休息。谢说："战士死于沙场，学者死于讲坛，师训不可违！"

⊕ 张伯苓对毕业女生的告诫

1929年南开女中部第一届学生毕业，张伯苓校长的讲话既幽默又深刻。他说："你们将来结婚，相夫教子，要襄助丈夫为公为国，不要要求丈夫升官发财。男人升官发财以后，第一个看不顺眼的就是你这个元配夫人！"

⊕ 邵洵美的妻子和情人

1935年，邵洵美在一次晚宴上认识了来自美国的艾米丽。惊鸿一瞥的眼神之间，彼此已经心心相印。在艾米丽的要求下，邵洵美根据上海话发音给她起了一个中文名字——项美丽。几天后，邵洵美和项美丽同游了南京。南京之行他们正式确立了恋人关系。

最传奇的是，邵洵美的夫人盛佩玉和项美丽之间竟然可以兼容。

项美丽无惧自己"小三"的身份，经常来邵家串门，而盛佩玉则每次都能盛情款待。盛佩玉和项美丽还经常一起去逛街。有时候，他们三个人还会一起出去吃饭、跳舞、看戏，三人同坐邵洵美那辆黄色蓬式车出游的场面，成了当时上海城中独特的一道风景。

1937年淞沪战役后，盛佩玉亲自提出，让项美丽和邵洵美结为连理，为此她还按妻妾习俗，送了项美丽一对玉镯。项美丽居然接受了邵洵美的求婚，去律师办公室按中国法律签了一份结婚证明。项美丽显然知道，在日据期，正是这一张婚姻证明，让邵洵美可以借着项美丽的名义继续开办印刷厂和出版社，于日本人刺刀的夹缝中找到生存的空间。

⊕ 至少数页，毋间断

熊十力诫张中行语："每日于百忙中，须取古今大著读之。至少数页，毋间断。寻玩义理，须向多方体究，更须钻入深处，勿以浮泛知解为实悟也。"

⊕ 张季鸾二十字秘诀

张季鸾生前曾传授给王芸生二十字秘诀："以锋利之笔写忠厚之文；以钝拙之笔写尖锐之文。"

⊕ 教大学不如教中学，教中学不如教小学

钱穆做小学教师10年，中学教师8年，任大学教师时间更长。但他对小学教师生活却情有独钟。他说，在小学任教时，每校学生都在百人左右，师生相聚，同事如兄弟，师生如家人。每天住在学校,吃在学校,工作在学校,团体如家庭,职业即人生。学校就像堂屋,故在小学任教,总觉心安。而中学、大学规模比小学大,人员比小学杂,师生之间、同事之间来往也比较烦琐。由此才知中学教师、大学教师更是个职业。

钱穆晚年多次对朋友说:教大学不如教中学,教中学不如教小学。

⊕ 熊十力教徐复观读书

1943年,徐复观初次拜见熊十力,请教熊氏应该读什么书。熊氏教他读王夫之的《读通鉴论》。徐说那书早年已经读过了。熊十力不高兴地说,你并没有读懂,应该再读。过了些时候,徐复观再去看熊十力,说《读通鉴论》已经读完了。熊问,有什么心得?于是徐便接二连三地说出许多他不太满意的地方。

熊十力未听完便骂道:"你这个东西,怎么会读得进书!任何书的内容,都是有好的地方,也有坏的地方。你为什么不先看出他的好的地方,却专门去挑坏的;这样读书,就是读了百部千部,你会受到书的什么益处?读书是要先看出他的好处,再批评他的坏处,这才像吃东西一样,经过消化而摄取了营养。比如《读通鉴论》,某一段该是多么有意义;又如某一段,理解是如何深刻;你记得吗?你懂得吗?你这样读书,真太没有出息!"

⊕ 读书则生，不则入棺

林纾自幼十分刻苦，曾在居室的墙上画了一口棺材，旁边写道："读书则生，不则入棺。"

⊕ 自由听课，不要文凭

1923年，朱谦之、缪金源等十七位北大学生声明自由听课，不要北大文凭。这十七个人被称作"自绝生"，但他们日后大多学有所成。

⊕ "赵八哥"

赵元任是语言天才，他会说33种中国方言，到全国大部分地方，都可以用方言跟当地人交谈。他又精通英、德、法、日、俄、希腊、拉丁等外语，甚至精通这些语言下面的方言，比如他在巴黎讲巴黎的土语，到了柏林又有了柏林的口音。他因此得了个"赵八哥"的绰号。

⊕ 有的必求甚解，有的则不求甚解

少年时的陈垣，有次偶然得到了清代学者张之洞写的《书目答问》一书。打开一看，发现这本书开列了历史上许多著名的典籍，并作了鉴别，为读者介绍了学习的门径。陈垣十分高兴，连忙按照书目购买了大量书籍。

有人问：这么多书，你能读得完吗？陈垣答道：有的书须熟记背诵，有的供目录查询，有的便只要浏览翻阅。这些书有的必求甚解，有的则不求甚解。

⊕ 钱锺书启发教学

有西南联大的学生回忆钱锺书授课的风格，称其课基本上都是用英文讲，偶尔加一句中文。而且，钱锺书往往不会把答案直接明白地讲出来，而是给学生以提示，全凭学生自己去体会。因此一定要很聪明的学生才能跟上他的思维，笨的学生根本就对不上话。

⊕ 陈寅恪授课有深度

有着浓重江苏海门口音的卞之琳在西南联大外文系任教，学生感慨说："卞先生的课，英文我听不懂，中文我也听不懂。"陈寅恪水平颇高，有资格选他课的学生不过七八个人，常常是课堂空空荡荡，窗外却围满旁听生。据说，陈的口才也不好，学生是冲他授课深度去的。

⊕ 老师保护学生

历史学家何兆武的姐姐在北大读书时,因为参加"一二·九"运动被捕,两天后,他的父亲收到校长蒋梦麟来信,信中承诺一定尽快将其女儿保释。那些年,学生出事,校长会来保学生。军警来抓人,学生往往躲到教师家,如果教师得到什么风声,就通知学生快走。

⊕ 我们这辈人,像树木一样,只能斫作柴烧了

顾颉刚在中山大学任教时,以家在北平,向校长戴季陶提出辞职。戴季陶极力挽留,说:"我们这辈人,像树木一样,只能斫作柴烧了。我们不肯被烧,则比我们矮小的树木就不能免了。只要烧了我们,使得现在矮小的树木都能成长,这就是好事。"

⊕ 逻辑学好玩

汪曾祺在《金岳霖先生》中说:陈蕴珍(萧珊)问金先生,你为什么选择了逻辑学?因为她认为逻辑学很枯燥。金先生想了一下说:我觉得它好玩。

⊕ 西南联大风气

西南联大王浩回忆起当年的生活时说：教师之间，学生之间，师生之间，不论年资和地位，可以说谁也不怕谁。当然，因为每个人品格和常识不等，相互间会有不快，但大体上开诚布公多于阴谋诡计，做人和做学问的风气是好的。

他说，老师上课讲错了，学生可以当场指出，老师也不见怪，反而对这些学生更欣赏。有时老师自己发现了错误，便在课堂上宣布：近几个星期以来，讲得都不对，以后重讲。教师与学生相处，亲如朋友。同学之间的竞争，一般也光明正大，不伤感情，而且往往彼此讨论，以增进对所学知识的了解。

⊕ 吴世昌忆读文言

吴世昌先生曾回忆十来岁时，读杜牧的《阿房宫赋》，旧书没有标点，一开头只见十二个字"六王毕四海一蜀山兀阿房出"，怎么也看不懂。就跑去问比他大四岁的哥哥吴其昌，哥哥并不教他，反问："六是什么？"答："四五六的六。""王呢？""国王。""毕是什么？""毕是完了。""六王毕呢？连起来讲。"答："六个国王完了。""这不对了，怎么会不懂呢？"哥哥鼓励他。

如此一问一答，吴世昌似有所悟。但"兀"是什么意思呢？哥哥说，"兀"就是"光秃秃"。"四川的山为什么会光秃秃？"吴世昌回答："砍掉了。"哥哥又问："树砍掉做什么用？""啊，'阿房出'，木材用去造阿房宫了！"吴世昌一下子全懂了。

⊕ 实验是可以，但是尺寸不要差得太远

周扬说："1959年我去拜访陈寅恪，他问，周先生，新华社你管不管，我说有点关系。他说，1958年几月几日，新华社广播了新闻，大学生教学比老师还好，只隔了半年，为什么又说学生向老师学习，如何前后矛盾如此。我被突然袭击了一下，我说新事物要实验，总要实验几次，革命、社会主义也是个实验。买双鞋，要实验那么几次。他不太满意，说实验是可以，但是尺寸不要差得太远，但差一点是可能的……。"

⊕ 两个痴人

章太炎于人情世故毫不知悉，出门即不能自归。他在东吴大学的同事黄人也是一个痴人。这两个痴人一次在茶馆小坐，结帐时才发现都没带钱，遂决定将章留下作人质，黄回去取钱。不料黄人回家后，正巧收到朋友寄来的书，于是一看成痴，将章抛诸脑后。

⊕ 我很累，我要休息

梁漱溟危殆。医生问他有何要求时，梁说："我很累，我要休息。"说完就瞑目长逝。

⊕ 张爱玲着奇装异服去印刷所

张爱玲为出版小说《传奇》，着奇装异服去印刷所校稿样，使整个印刷所的工人停了产。张很得意，对跟她聊天的女工说："要想让人家在那么多人里只注意你一个，就得去找你祖母的衣服来穿。"女工不解，问："穿祖母的衣服，不是穿寿衣一样了吗？"张说："那有什么关系，别致就行。"

⊕ 老小孩鲁迅

鲁迅晚年在上海时，喜欢开着窗子伏案写作。有时候，他看到有人溜到楼下的墙角小便，他会用橡皮筋和纸团做成弹弓，弹在那人的屁股上，俨然一个老小孩。

⊕ 梁启超演讲灵感来自牌桌

梁启超在演讲之前，都要先玩几圈麻将。有人问起其中的缘由，他振振有词："予正利用博戏时间起腹稿耳。骨牌足以启予智窦。手一抚之,思潮汩汩而来,较寻常枯索,难易悬殊,屡验屡效,已成习惯。"说来也怪,每次从牌桌上走下来,登上演讲台,梁启超都是旁征博引,妙语连珠,不得不让人钦佩他的演讲灵感来自牌桌的滋润。

⊕ 哪有老师去看学生的道理

抗战期间,马寅初担任重庆大学商学院院长兼中央大学经济系主任,多次在公开演讲中指责孔祥熙大发国难财。

蒋介石召见重庆大学校长叶元龙,训斥道:"你真糊涂,怎么可以请马寅初当院长?你知道他在外边骂行政院长孔祥熙吗?他骂的话全是无稽之谈!他骂孔祥熙就是骂我。"末了,蒋介石说:"下星期四你陪他到我这儿来,我要当面跟他谈谈。他是长辈,又是同乡,总要以大局为重。"

马寅初一听,火冒三丈:"叫我去见他?我不去!让宪兵来陪我去吧!文职不去拜见军事长官,没有这个必要!见了面就要吵嘴,犯不着!再说,从前我给他讲过课,他是我的学生,学生应当来看老师,哪有老师去看学生的道理!他如果有话说,就叫他来看我。"

⊕ 张伯驹把文物看得比自己的性命还重

1941年,发生了一桩震动上海滩的绑架案。

一日,张伯驹刚步出巷口,就被一帮强人持枪绑去,索价三百万元伪币。后来,绑匪派人传话,说张伯驹连日绝食，昏迷不醒，但求家人一见。夫人潘素见到张伯驹时，他已憔悴不堪，却还是再三叮嘱妻子：宁死魔窟，决不许变卖所藏古代书画赎身。僵持了八个月之久，绑匪眼见巨额赎金无望，只得将价钱降至四十万元，张伯驹这才重获自由。

⊕ 看错古董和错戴帽子

1956 年，张伯驹将自己用身家性命换来的 118 件文物捐献给国家，其中 8 件精品还获得文化部的褒奖状。谁知仅仅过了一年，他就被戴上了右派的帽子。他的女婿楼宇栋记得岳父当年说过的一句话："个人受点委屈不仅难免，也不算什么。自己看古董也有过差错，为什么不许别人错戴我一顶帽子呢？"

可是，磨难还是接二连三。1964 年，他将南宋《百花图卷》捐给吉林博物馆，第二年被打成现行反革命。这是常人无法忍受的遭遇，可是多年以后，张伯驹在病榻上向女儿、女婿提及自己的这些经历，说了这样一句耐人寻味的话："人生在世，爱国是大事，决不能糊涂，小事满可不必计较。"

⊕ 梁思成、林徽因作空军战士的名誉家长

抗战时期，梁思成、林徽因夫妇居昆明，与一群年轻的国军空军学员，有过一段特殊的友情。

这些年轻人大多来自江浙闽粤，他们家乡多已沦陷，故梁思成、林徽因夫妇对他们特别关心，他们也把梁思成、林

徽因当作自己的长兄长姐。在训练结业时，他们请梁思成、林徽因夫妇作为名誉家长，在结业典礼上致词。

很快，年轻学员参加了与日寇的空中战斗。每次战斗，都有人牺牲，每牺牲一人，他的遗物便被寄到他的名誉家长家里，林徽因每收到一次遗物，都会哭一场。最后，十多名年轻战士全部牺牲。

⊕ 胡适自掏腰包招揽人才

林语堂婚后携妻赴美留学。在经济拮据，四处借债借不着时，突然想起临出国时，北大的胡适对他说过，将来学成回国如果能去北大教书，他们愿意资助他另一半的留学费用，林语堂给胡适拍了电报，没想到胡适真的汇来了一千美元。

可是没多久，林语堂的助学金突然停了，无奈再向北大求救，胡适又寄来一千美元，夫妻俩拿着这救命钱感动得什么似的。

林语堂回国，被北京大学聘为外语系教授。他到北大的第一件事就是找胡适，谢那预支的两千块钱的救命之恩。但胡适南下养病不在，他找到教务长蒋梦麟才知道，北大根本没有资助出国留学生的计划，是胡适为了招揽人才，私自和他做了口头协定。接到他的求救电报，胡适遵守协定，自掏腰包填上了那笔巨款。

⊕ 同心相牵挂，一缕情依依

林语堂年轻时爱上好友的妹妹陈锦端。陈家是厦门富豪，陈父讲究门当户对，私下里找到林语堂，委婉地跟他提起隔壁廖家的二小姐贤惠美丽。

林语堂在家人劝说下，来到廖家相亲。廖家二小姐廖翠凤对他并不陌生，一直就很欣赏他的才华，可母亲担心林家太穷，怕女儿将来会受苦，廖翠凤却坦然说，"贫穷算不了什么。"这话传到林语堂耳朵里，让他很感动，于是答应了亲事。陈锦端闻讯，怅然出国留学。

1919年1月9日，25岁的林语堂与24岁的廖翠凤宣布结婚。

烛光中，林语堂拿过结婚证书对妻子说："我把它烧了，婚书只有在离婚的时候才有用，我们一定用不到。"

1928年，陈锦端学成回国，求婚的人踏破了门槛，她依然不为所动。翠凤善解人意，主动请锦端做客。每次锦端要来，林语堂都十分紧张坐立不安，女儿不解，就问妈妈，翠凤笑着说，"爸爸曾喜欢过你锦端姨。"弄得林语堂很尴尬，只好默默抽烟斗。

1969年1月，夫妇俩庆祝结婚五十周年，林语堂给翠凤买了一个手镯，手镯上刻着若艾利著名的《老情人》：

> 同心相牵挂，一缕情依依。
> 岁月如梭逝，银丝鬓已稀。
> 幽冥倘异路，仙府应凄凄。
> 若欲开口笑，除非相见时。

⊕ 双峰并立，两水分流

陈独秀、胡适两人政见不同，并未影响他们之间友谊。陈一生四次被捕，胡均不遗余力积极营救。真正做到了双峰并立，两水分流。胡在信札中说："我们两个老朋友，政治主张上尽管不同，事业上尽管不同，所以仍不失其为老朋友者，正因为你我脑子背后多少总还有一点容忍异己的态度。"

⊕ 大师讲课的开场白

清华国学四大导师之一的梁启超，上课的第一句话是："兄弟我是没什么学问的。"然后，稍微顿了顿，等大家的议论声小了点，眼睛往天花板上看着，又慢悠悠地补充一句："兄弟我还是有些学问的。"头一句话谦虚得很，后一句话又极自负，他用的是先抑后扬法。

沈从文颇有自知之明，一开头就会说，"我的课讲得不精彩，你们要睡觉，我不反对，但请不要打呼噜，以免影响别人。"这么很谦虚地一说，反倒赢得满堂彩。他的学生汪曾祺曾评价说，沈先生的课，"毫无系统"，"湘西口音很重，声音又低，有些学生听了一堂课，往往觉得不知道听了一些什么"。

刘文典与梁启超的开场白有同工异曲之妙，他是著名《庄子》研究专家，学问大，脾气也大，他上课的第一句话是：《庄子》嘿，我是不懂的喽，也没有人懂。"其自负由此可见一斑。这且不说，他在抗战时期跑防空洞，有一次看见作家沈从文也在跑，很是生气，大声喊道："我跑防空洞，是为《庄子》跑，我死了就没人讲《庄子》了，你跑什么？"

闻一多上课时，先抽上一口烟，然后用顿挫鲜明的语调说："痛饮酒，熟读《离骚》——乃可以为名士。"他讲唐诗，把晚唐诗和后期印象派的画联系起来讲，别具特色，他的口才又好，引经据典，信手拈来。所以，他讲课时，课堂上每次都人满为患，外校也有不少人来"蹭课"，有的人甚至跑上几十里路来听他上课。

启功先生的开场白也很有意思。他是个幽默风趣的人，平时爱开玩笑，上课也不例外，他的第一句话常常是："本人是满族，过去叫胡人，因此在下所讲，全是胡言。"引起笑声一片。他的老本家、著名作家、翻译家胡愈之先生，也偶尔到大学客串讲课，开场白就说："我姓胡，虽然写过一些书，但都是胡写；出版过不少书，那是胡出；至于翻译的外国书，更是胡翻。"在看似轻松的玩笑中，介绍了自己的成就和职业，十分巧妙而贴切。

架子最大的开场白，则非章太炎先生莫属。他的学问很大，想听他上课的人太多，无法满足要求，于是干脆上一次大课。他来上课，五六个弟子陪同，有马幼渔、钱玄同、刘半农等，都是一时俊杰，大师级人物。老头国语不好，由刘半农任翻译，钱玄同写板书，马幼渔倒茶水，可谓盛况空前。老头也不客气，开口就说："你们来听我上课是你们的幸运，当然也是我的幸运。"幸亏有后一句铺垫，要光听前一句，那可真狂到天上去了，不过，老头的学问也真不是吹的，满腹经纶，学富五车，他有资格说这个话。

蒋梦麟娶朋友遗孀

1936年,时任北京大学校长的蒋梦麟迎娶陶曾谷女士,在北平举办婚礼,邀请胡适做证婚人。可是胡适的妻子江冬秀因为蒋梦麟为娶陶曾谷遗弃原配,不赞成胡适为两人证婚,把大门一关,就是不让他出去。胡适只能跳窗"脱逃",成其美事。

其实,蒋陶联姻最大的压力还不在蒋梦麟与原配离异,而是他迎娶的陶曾谷是其莫逆之交兼同事高仁山的遗孀。1928年,高仁山被奉系军阀杀害于天桥刑场。高仁山死后,蒋梦麟对其妻陶曾谷照顾备至。尽管蒋梦麟使君有妇,但陶曾谷的处境令他同情,长期的照顾和相处,感情慢慢发生了变化,两人互生爱意,坠入爱河。婚礼上,蒋梦麟答谢宾客时表示:"我一生最敬爱高仁山兄,所以我愿意继续他的志愿去从事教育。因为爱高兄,所以我更爱他爱过的人,且更加倍地爱她,这样才对得起亡友。"

蒋梦麟最后一次婚姻

1958年,蒋梦麟的夫人陶曾谷因病去世。直到1960年在圆山饭店的一次宴会中,透过这个媒人介绍,他认识了徐贤乐。

徐贤乐是江苏无锡人,系出名门。长得非常漂亮,在家中备受宠爱。

徐贤乐认识蒋梦麟时,年过半百,但风韵犹存。蒋梦麟对于徐贤乐可以说是一见钟情，这事在他们亲友中有"赞成"与"反对"两派。胡适持反对意见，给蒋梦麟写了一封长信，说徐贤乐是贪图你的钱财。胡适将信交给蒋梦麟时，蒋梦麟直接问他是支持还是反对，胡适说反对，蒋梦麟便告诉他："那我就不看了。"遂将胡适的信撕碎掷于废纸篓中。因为反对者太多，蒋梦麟与徐贤乐举行家庭式秘密婚礼。时年蒋梦麟75岁，徐贤乐54岁。

不出胡适所料，结婚一年多后，他们的婚姻亮起红灯。1962年12月，蒋梦麟不慎失足折骨入院。徐贤乐趁蒋生病住院之际，将蒋之财物悄悄归之自己名下……待蒋发现，盛怒之下，修书一封，欲与离婚。吵吵闹闹约一年后，双方在1964年1月24日协议离婚，蒋梦麟前后总计花费77万元（1960年台湾平均每人国民所得仅新台币5666元，有存款百万即被喻为富翁），终于结束两年六个月的夫妻关系。

⊕ 金岳霖生活西化

金岳霖1914年毕业于清华学校，后留学美国、英国，又游学欧洲诸国，回国后主要执教于清华和北大。他从青年时代起就饱受欧风美雨的沐浴，生活相当西化。西装革履，加上一米八的高个头，仪表堂堂，极富绅士气度。然而他又常常不像绅士。他酷爱养大斗鸡，屋角还摆着许多蛐蛐缸。吃饭时，大斗鸡堂而皇之地伸脖啄食桌上菜肴，他竟安之若泰，与鸡平等共餐。听说他眼疾怕光，长年戴着像网球运动员的一圈大檐儿帽子，连上课也不例外。他的眼镜，据传两边不一样，一边竟是黑色。

⊕ 金岳霖谈徐志摩"油油油，滑滑滑…"

徐志摩在伦敦邂逅了才貌双全的林徽因，不禁为之倾倒，竟然下决心跟发妻离婚，后来追林徽因不成，失意之下又掉头追求陆小曼。金岳霖谈了自己的感触："徐志摩是我的老朋友，但我总感到他滑油，油油油，滑滑滑——"，"当然，不是说他滑头"。经他解释，他是指徐志摩感情放纵，没遮没拦。他接着说："林徽因被他父亲带回国后，徐志摩又追到北京。临离伦敦时他说了两句话，前面那句忘了，后面是'销魂今日进燕京'。看，他满脑子林徽因，我觉得他不自量啊。林徽因梁思成早就认识，他们是两小无猜，两小无猜啊。两家又是世交，连政治上也算世交。徐志摩总是跟着要钻进去，钻也没用！徐志摩不知趣，我很可惜徐志摩这个朋友。"

⊕ 金岳霖赞林徽音：极赞欲何词

林徽音逝世后，金岳霖用一句话概括：极赞欲何词！林徽因 1955 年去世，时年 51 岁。那年，建筑界正在批判"以梁思成为代表的唯美主义的复古主义建筑思想"，林徽因自然脱不了干系。虽然林徽因头上还顶着北京市人大代表等几个头衔，但追悼会的规模和气氛都是有节制的，甚至带上几分冷清。亲朋送的挽联中，金岳霖的别有一种炽热颂赞与激情飞泻的不凡气势。上联是："一身诗意千寻瀑"，下联是："万古人间四月天"。金岳霖回忆到追悼会时说："追悼会是在贤良寺开的,我很悲哀,我的眼泪没有停过……"

⊕ 我所有的话,都应该同她自己说

金岳霖过去跟梁思成林徽因住在北总布胡同,后来和他们的儿子梁从诫住在一起。梁从诫夫人叫他时都是称"金爸"。梁家后人以尊父之礼相待。

瘦骨嶙峋、已经衰老的金岳霖,见到林徽因诗文样本,爱不释手。有人请他为文集写篇东西,半晌,他一字一顿地说:

"我所有的话,都应该同她自己说,我不能说,"他停了一下,显得更加神圣与庄重,"我没有机会同她自己说的话,我不愿意说,也不愿意有这种话。"他说完,闭上眼,垂下了头,沉默了。

⊕ 黄永玉小号表爱心

黄永玉18岁时,来到江西一个小艺术馆工作。在那里,他遇到了一位美丽大方的广东姑娘张梅溪。为了将这个才貌双全的国民党将军的女儿追到手,无钱无貌的黄永玉成天在楼上吹小号,以表爱心。有一天,他终于忍不住了,对张梅溪说:"如果有一个人爱你,你怎么办?"张梅溪说:"那要看是谁了。"黄永玉说:"那就是我了。"张梅溪笑着说:"是你?好吧。"张梅溪冲破家庭阻力,与黄永玉私奔成婚,流落到了上海。

⊕ 马一浮母治家严谨

马一浮母亲何定珠,出生世族,精通诗书,擅长文学,同时治家严谨。马一浮年幼时,一次拿着铜钱玩耍,其母何氏见状立即制止他,说"儿幼,宜勿弄此,他日成人,须严立风骨,勿龌龊事此。"

马一浮先生的幼年,充分禀受了慈爱母亲的教诲。10岁那年,马一浮与母亲一起赏菊,奉母命作咏菊五律:"我爱陶元亮,东篱采菊花。枝枝傲霜雪,瓣瓣生云霞。本是仙人种,移来处士家。晨餐秋更洁,不必羡胡麻。"母亲虽喜犹悲,云:儿长大当能诗。此诗虽有稚气,颇似不食烟火语。汝将来或不患无文,但少福泽耳。

⊕ 爱,就是慈悲

1918年,农历的正月十五,李叔同正式皈依佛门。剃度几个星期后,他的日本妻子,与他有过刻骨爱恋的日籍夫人伤心欲绝地携了幼子千里迢迢从上海赶到杭州灵隐寺。然而叔同决心已定,连寺门都没有让妻子和孩子进。

清晨,薄雾西湖,两舟相向。

李叔同的日本妻子:"叔同——,"

李叔同:"请叫我弘一"。

妻子:"弘一法师,请告诉我什么是爱?"

李叔同:"爱,就是慈悲。"

几个人一同在岳庙前临湖素食店,吃了一顿相对无言的素饭。李叔同把手表交给妻子作为离别纪念,安慰她说,"你有技术,回日本去不会失业"。岸边的人望着渐渐远去的小船失声痛哭,船上的人连头也没有再回过一次。

非我寡情薄义

李叔同在出家前写给日本妻子的一封信:

诚子:

  关于我决定出家之事,在身边一切事务上我已向相关之人交代清楚。上回与你谈过,想必你已了解我出家一事,是早晚的问题罢了……

  对你来讲硬是要接受失去一个与你关系至深之人的痛苦与绝望,这样的心情我了解。但你是不平凡的,请吞下这苦酒,然后撑着去过日子吧,我想你的体内住着的不是一个庸俗、怯懦的灵魂。……

  做这样的决定,非我寡情薄义,为了那更永远、更艰难的佛道历程,我必须放下一切。我放下了你,也放下了在世间累积的声名与财富。这些都是过眼云烟,不值得留恋的。

  ……人生短暂数十载,大限总是要来,如今不过是将它提前罢了,我们是早晚要分别的,愿你能看破。

胡适考证齐白石生年

齐白石《自状略》署明是八十岁写的,其时当是1940

年，由此上推，他的生年应该是咸丰十一年辛酉，即 1861 年，但齐白石早年的记载，如《母亲周太君身世》等篇，白石是生在同治二年癸亥，即 1863 年。

胡适为了探明究竟，请来了齐白石的同乡黎锦熙，因为黎对齐白石知之甚深。经过一番追寻，黎锦熙终于搞清了"两岁差异"的原因。原来，齐白石因为相信长沙舒帖上替他算的命，怕 75 岁有大灾难，自己用"瞒天过海"法把 75 岁改为 77 岁。胡适对这一发现非常高兴，他说："白石老人变的戏法能'瞒天'，终究瞒不过历史考证的方法。"

⊕ 赵元任与杨步伟结婚

1921 年 6 月 1 日，语言学家赵元任与杨步伟结婚。那天，他们先请两位朋友吃饭——杨步伟的同学朱征，赵元任的同学胡适。饭后，赵元任表示有事情要麻烦他们，说罢立即拿出一张自己写好的结婚证书，请他们签名作证人。就这样简简单单地，赵元任与杨步伟成为了一对夫妻。

⊕ 你有看过共享牙刷的吗？

年轻貌美而又时髦的俞珊，经常找徐志摩请教文学和戏剧演出的问题。作为妻子的陆小曼知道后醋海翻浪。徐志摩让她直接向俞珊表示。谁料，陆小曼说："俞珊是个茶杯，不能拒绝茶壶斟茶，而你是支牙刷，只许给一个人使用。"话落，她质问道："你有看过共享牙刷的吗？"

⊕ 我得用一生去回答你

婚前,梁思成问林徽因:"有一句话,我只问这一次,以后都不会再问,为什么是我?"林徽因答:"答案很长,我得用一生去回答你,准备好听我讲了吗?"这就是爱情,真正的爱情。

⊕ 梁思成车祸残腿

1923年5月7日,梁思成把他大姐赠送的礼物——摩托车推出来,让思永骑在后边,去追赶国耻日周年游行队伍,当他们转入大道时,被一辆大轿车撞到侧面,摩托车被撞翻了。

思永的伤口流着血站起来,发现哥哥躺在便道上不省人事。他立即跑回家里报信,仆人奔向出事地点,把思成背回来。他脸色苍白,眼珠也不会动。过了20分钟,才恢复了知觉。父亲梁启超俯身向他,握住他的手,"他抓住我的手,在我脸上亲了一下,"梁启超后来写道,"他对我说,'爸爸,我是您的不孝儿子,在您和妈妈把我的全部身体交付给我之前,我已把它毁坏了。不要管我,特别是不要告诉妈妈。大姐在哪儿,我怎么能见到她?'""这时候我的心差不多要碎了,"梁启超写道。"我想,只要他能活下来,就是残废我也很满足了。后来医生来了,对他作了全面的检查。他诊断说,腰部以上没有什么毛病,只是左腿断了。"

⊕ 郭沫若题"岳阳楼"

1961年,湖南岳阳县政府有意请毛泽东为岳阳楼题写匾额,毛认为自己的草书风格与岳阳楼气质不符,推举郭沫若。郭写了几幅后送给毛泽东。毛都觉得太拘谨,倒是信封上郭随手写的"岳阳楼管理处收"几个字潇洒飘逸,遂从中择选三字。

⊕ 饶宗颐有"三颗心"

百岁国学泰斗饶宗颐有"三颗心",第一颗心叫好奇心,第二颗心叫孩童心,第三颗心叫自在心。一颗比一颗高。对于"自在"二字,饶宗颐有自己的见解。"现在的人太困于物欲,其实是他们自己造出来的障碍。'自在'本是佛教的话。自在就是像观世音一样,有定力,有智慧,有忍耐。"

⊕ 到门外去放屁

丰子恺在《怀李叔同先生》中写道:在一次音乐课上,有一个同学放了一个屁,没有声音,却是很臭,同学大都掩鼻或发出讨厌的声音。李先生眉头一皱,管自弹琴。散课后,李先生用很轻而严肃的和气地说:"以后放屁,到门外去,不要放在室内。"接着,给学生鞠躬,叫大家离开教室了。

⊕ 脚踩三只船？

陆小曼与王庚尚未离婚，与徐志摩正在恋爱，同时给胡适写信。为了避开传说中剽悍的胡夫人，她用男人般又粗又大的英文笔迹写道："因为我的人不能到你身边来，我希望我的心可以给你一点慰藉。""我这几天很担心你，你真的不再来了吗？……因为我知道我不会依你的。"

⊕ 周作人不打草稿

废名在《知堂先生》中写道："他（周作人）作文从来不打稿子，一遍写起来了，看一看有错字没有，便不再看，算是完卷，因为据他说，起稿便免不了重抄，重抄便觉得多无是处，想修改也修改不好……中国现代的散文，从开始以迄现在，据好些人的闲谈，知堂先生是最能耐读的了。"

⊕ 三脚床读书

经济学家王亚南读中学时，为了争取更多时间读书，特意把木板床的一条床脚锯短半尺，成为"三脚床"。每读至夜，上床睡觉。迷糊中翻身，床便向短脚方向倾斜，他被惊醒，立刻下床，伏案夜读。天天如此，从未间断。结果年年取得优异的成绩，被誉为班内的"三杰"之一。

⊕ 双跌如雪似观音

中国人曾一度非常欣赏日本人的脚。清末王韬东渡日本时,喜欢日本艺妓"最是舞裙斜露处,双跌如雪似观音。"黄遵宪吟诵出"绣做莲花名藕覆,鸳鸯恰似并头莲"的诗句,收录在《日本杂事诗》里。而周作人更是赞美日本女人:"在室内席上便白足行走,这实在是一种很健全很美的事。"

⊕ 手绢结缘

侠义小说开山鼻祖梁羽生,初见林萃如时,犯了鼻窦炎,颇为邋遢。林萃如没有嫌弃,反而微笑着递上手绢。婚后,林萃如发现先生是一个"生活白痴"。为了照顾他,自己辞了工作,"愿得一人心,白首不相离"。梁羽生满腹才华,一生留下35部经典小说。2009年,仙逝悉尼。

⊕ 琼瑶年幼谙懂情事

陈喆,湖南衡阳渣江镇人,1938年4月20日生于成都,1949年举家迁至台湾,陈喆外公袁励衡曾执掌交通银行,三舅妈查良敏为金庸堂姐,三舅妈的姑姑为蒋百里原配。陈喆年幼谙懂情事却很坎坷:读高中时,与老师私奔,21岁结婚,26岁离婚;后又爱上有妇之夫,无奈她以死相逼,最终有情人成功上位。陈喆笔名"琼瑶"。

⊕ 传统的结婚即是长期卖淫

周作人在《宿娼之害》一文中说：

"宿妻"与宿娼正是一样，所差者只在结婚是"养一个女子在家里，随时可以用"，不要怕染毒，更为安稳便利罢了。传统的结婚即是长期卖淫，这句话即使有人盛气地反对，事实终是如此。大家恭维宿妻而痛骂宿娼，岂不是只知道二五得一十而不知五二也是一十么？

⊕ 自由是伟大的创造力

汤一介在庆祝北大建校 100 周年的一篇文章中说："我所梦想的是，何时北大能成为一所真正思想自由、学术自由的世界第一流大学。"他进而说："自由是伟大的创造力，新的中国哲学只能在有着广阔的自由空间中诞生。"

⊕ 鲁迅的辫子

鲁迅刚到日本就剪辫子。他也算是会过日子的，把辫子一半送给客店里一位使女做假发，一半送给理发匠。回上海后，他不得不花四块大洋买了一条假辫子。但夏天不能戴帽，人堆里一挤也会被挤掉或挤歪，鲁迅装了一个多月，觉得如果掉下来或被人拉下来，更难看。心烦，索性不装了。

⊕ 民国最有名的辫子

民国最有名的辫子是两条：一条是辜鸿铭的，一条是王国维的。王国维的辫子比辜鸿铭顽固，他留学日本时本已剪辫，回国后又留起来。王国维曾被聘为末代皇帝的老师，溥仪下令他剪掉辫子。皇命难违，他只能忍痛剪掉辫子，可等风声一过，他又留起了辫子，当时中华民国都拿他没办法。

⊕ 胡适贪便宜吃亏

胡适出门爱坐洋车，每月付租车钱18块大洋，车夫工钱19块大洋。其友唐先生出国，将一辆洋车以45块大洋的"友情价"卖给胡适。胡以为捡到"大便宜"，立马购入。谁料这辆老爷车被两人抬来，花了22块大洋大修，才开出门，车胎又爆。胡适盛怒之下，将其以13块大洋卖掉。

⊕ 费正清的"一半中国"

1932年4月，梁思成先生到蓟县对独乐寺进行古建筑调查。回北平后，撰著了《蓟县独乐寺观音阁山门考》一文，确立了独乐寺在中国建筑史中的地位。

美国汉学家费正清夫妇对梁思成、林徽因的学术成就极其关注和赞赏，他们也曾和梁思成夫妇一同到野外进行古建筑调查。在北平，他们居住相距不远，朝夕相处，两个家庭建立起了深厚的友谊。1937年"七七事变"以后，梁思成夫妇辗转到了昆明，而费正清夫妇也于同年回国。

美国总统尼克松访华后，周恩来总理邀请费氏夫妇访华。在应周恩来总理之邀访华的招待酒会上，费正清沉痛地说："这一次回来，我们感觉失去了一半的中国！我们最亲密的朋友梁思成、林徽因都先后去世了，他们在我们心目中就等于中国的一半。可是，这一半，我们是永远地失去了！"他们提出了参观独乐寺这个"特殊"的要求。一方面，他们要亲眼看一看这第一次打开梁思成眼界的独乐寺；另一方面，也是表达对挚友深深的思念与回忆。

⊕ 穿裙子的士

教授中国古诗词的叶嘉莹自称"我是穿裙子的士。"她从1945年开始教书，教了60多年，没有一年休息。她创办了"中华古典文化研究所"，捐出自己退休金的半数设立奖学金和活动资金，"书生报国成何计，难忘诗骚李杜魂"。她曾说："教书是我最大的快乐。"

⊕ 林语堂恋母

林语堂自陈有恋母情节，儿时他喜欢抚摸母亲的乳房，一直到十岁还和母亲同睡。新婚前夜，他要求和母亲同睡，因为那是他能与母亲同睡的最后一夜。

⊕ 珞珈山三杰

1929年，陈西滢赴武汉大学任文学院院长及外文系主任，凌叔华也随之到武大任教，与另两名在武大执教的女作家袁昌英和苏雪林过从甚密，结为好友，当时被称为"珞珈山三杰"。

⊕ 王世杰建武大有"拓荒之功"

王世杰、李四光等人与蔡元培谋划在武昌高等师范学校基础上筹设武汉大学。李四光为武大选中偏僻荒凉的罗家山（闻一多建议改名"珞珈山"）和狮子山一带为校址。王世杰受任为武汉大学校长，他对国民政府宣称："要我当校长，就不是一个维持武汉大学现状的校长。武大不办则已，若办，一定是一个新的，国内一流水准的大学。武汉位居九省通衢，如同芝加哥于美国，武大应与此地位相称。"

王世杰一直很看重自己对武大的拓荒之功，曾希望在自己的墓碑上刻武汉大学校长衔。

⊕ 陈寅恪遵循礼制

王静安遗体入殓之时，清华师生皆三鞠躬致礼，独陈寅恪不同。他身着袍子马褂，跪拜于地，三叩首，方礼毕。

陈氏行事遵循礼制非此一端，他在国学研究院时，学生到上海陈家谒见其父散原老人，聆老人谈话时，均坐，陈先生则恭立一旁，至谈话结束。

⊕ 我是中国人

1935年10月22日，戈公振去世。戈于弥留之时说，"国势垂危至此，我是中国人，当然要回来参加抵抗侵略者的工作……'"其情其景，令邹韬奋等人悲痛至极。沈钧儒读了邹写的悼念文章，慨然命笔，赋诗四首，最后两首曰：哀哉韬奋作，壮哉戈先生！死犹断续说，我是中国人！我是中国人，我是中国人，我是中国人，我是中国人！他自述第四首写出首句"我是中国人"，便不能续，再写也是这五个字，写毕，泪滴满纸。

⊕ 我们都是丧家之犬

七七事变之后，冯友兰、吴有训南下逃难。在河南郑州，冯邀吴去吃黄河鲤鱼，碰见了熊佛西，三人边吃边聊，话题总扯到国耻。熊喜欢养狗，说了许多狗的故事。北京人逃难，狗没法带，只好抛弃。那些狗，虽然被抛弃了，可仍然守在门口，不肯离去。冯友兰说，这就是所谓丧家之犬，我们都是。

⊕ 蔡元培别出心裁地解释"双四节"

民国时候，我国儿童节是 4 月 4 日。1934 年 4 月 5 日的《申报》刊登了北大校长蔡元培的《在上海市第四届儿童节纪念会的演说》。在演说中，蔡元培说，"我国国庆节为十月十日，而名之为双十节；儿童节为四月四日，当名之为双四节"。蔡元培还别出心裁地解释"双四节"的涵义，告诫小朋友要"深刻注意"这"两种事、四件事、八个字"："第一个'四'字，即食、衣、住、行，是我们的基本生活。各位小朋友，现在仰望於家庭父母，如果没有父母的供给，或父母不注意，即发生危险。故各位要记著此时此刻父母供给，将来成人后即要努力工作，以抵偿今日之债；第二个'四'字，即智、体、德、美四育。大人们锻炼你们的身体，培植你们读书，告诉你们做人的道理，陶养你们的性情，就是智体德美四种教育。"

⊕ 沈从文也很重要

汪曾祺因沈从文报考西南联大。汪曾祺是沈从文的"铁粉"，投考西南联大时，除备考的教科书只带了《沈从文小说选》和《猎人日记》。进联大后，汪曾祺更喜欢上沈从文身上非学院派的纯情、温和与多趣。在别人都不看好沈从文时，他却执着地认为：鲁迅固然重要，沈从文也很重要！

⊕ 那个女人没眼力

汪曾祺年轻时曾失恋，睡在房间两天两夜不起床。房东吓坏了，以为小汪会想不开。正发愁时，朱德熙来了。他卖了一本自己的物理书，换了钱，把汪曾祺请到一家小饭馆喝酒。汪曾祺并没有酒入愁肠愁更愁，而是酒一喝，失恋情绪全无。朱德熙对汪曾祺说："那个女人没眼力！"

⊕ 读书人变成叫化子

胡适北京家中藏书万余册。1948年底离开北平前，他把所有藏书寄存北大图书馆，只带了一些笔记和四本十六回、世界上最老的抄本《红楼梦》。他说："收集了几十年的书，到末了只带走了四本，等于当兵缴了械，我也变成一个没有棍子，没有猴子的变把戏的叫花子。"

⊕ 傅斯年作揖道歉

傅斯年在李庄时，遇上向达的儿子与李方桂的儿子打架，一个5岁，一个8岁，小的打不过大的，于是，李方桂的夫人找到向达的夫人，两位夫人争吵起来。这时，路过的傅斯年忙上去赔礼道歉，边说边作揖道："两位消消气，都是我不好，你们就别吵了。"傅斯年如此"低三下四"，只为向达李方桂二位先生不为家庭琐事分心，能够一心从事学术研究。

⊕ 美丽鲜花不妨用粪水浇出

张伯苓办南开大学之初,困难重重。特别在经费的筹措,主要依靠个人捐款。但私人捐款不多,且能力有限,所以,大多是社会声誉不太好的政客、军阀。学生因此不满,认为这些人有辱学校名声,故反对将他们列入校董。张伯苓于是说:美丽的鲜花不妨是由粪水浇出来。

⊕ 张元济退孙中山稿

1920年初,由张元济主持的商务印书馆遭到孙中山抨击,原因是他的《孙文学说》书稿遭退。孙中山在公开信中怒斥商务搞业内垄断,所出书籍都带保皇之气味。张元济后来解释说:当时不肯承印,实在是因为官吏专制太甚,商人不敢与抗,并非有意反对孙先生。

⊕ 杂烩"一品锅"

胡适家的烧杂烩,叫"一品锅"。胡适的朋友石原皋30岁生日,单身在外,江冬秀就热情地邀请他来家过生日。当日的菜肴中,最著名的就是"一品锅"。这是一只大铁锅,口径差不多有二尺,热腾腾地端上了桌,里面还在滚沸,一层鸡,一层鸭,一层肉,点缀着一些蛋饺,底下是萝卜白菜。胡适笑着向客人介绍,"一品锅"是徽州人家待客的上品。

安徽的"一品锅"到了扬州,名字便改为"全家福";上海人的杂烩砂锅里,一定要有的是蛋饺,正如张爱玲在《半生缘》里写的那样:"蛤蜊是元宝,芋艿也是元宝,饺子蛋饺都是元宝……"讨的乃是一个口彩。

⊕ 我倦矣

1919年5月9日晨,蔡元培悄然离京赴天津,随即南下上海、杭州。离京前,他留下一则"启事",10日即在《北京大学日刊》刊出:"我倦矣!'杀君马者道旁儿','民亦劳止,汔可小休',我欲大休矣。北京大学校长之职,已正式辞去。其他有关系之各学校,各集会,自5月9日起,一切脱离关系。特此声明,惟知我者谅之。"

⊕ 林庚白诗名自负

曹聚仁在南社演讲,说到南社与辛亥革命的关系,认为辛亥革命是浪漫气氛很浓的政治运动,南社诗人是龚自珍气氛的人,而林庚白,就是活着的龚自珍。柳亚子深以为然。但林庚白极不满意,他说:"我心中尚无李杜,更何有龚自珍!"他曾说:"十年前论今人诗,郑孝胥第一,我第二,倘现在来看,那么我第一,杜甫第二,郑孝胥还谈不上。"

⊕ 大作家也曾追星

《城南旧事》作者林海音曾回忆说，1970年6月，台北故宫博物院邀请包括凌叔华在内的数位专家学者参加古画研讨会。凌叔华是林海音初中时最心仪的作家。得知凌叔华来台，52岁的林海音兴奋的像小粉丝一样，约了朋友专门去看望凌叔华。

⊕ 曾国藩幼时迟钝

曾国藩小时候，父亲出对子"狗尾草"，妹妹马上对"鸡冠花"，他却无以作答。走过一座桥，父亲出"观风桥"，兄妹俩都没能答上来。回到家后，曾从书中得到启发，对出"听月楼"。后来，他也承认："我性鲁钝，他人倾刻力办者，我或沉吟数时不能了。"

⊕ 顾颉刚口吃

顾颉刚有口吃，再加上浓重的苏州口音，说话时很多人都不易听懂。

有一年，顾颉刚因病从北大休学回家。车厢里，显得十分沉闷，顾颉刚为了打破沉闷，率先找人说话。顾颉刚把目光投向了邻座一个和自己年龄相仿的年轻人，主动和对方打招呼："你好，你也……是……是去苏州的吗？"

年轻人转过脸看着顾颉刚,却没有说话,只是微笑着点点头。接着,顾颉刚又多次找这个年轻人搭讪,年轻人却依旧微笑点头而已。

快到上海站准备下车的时候,顾颉刚发现那个年轻人已经走了,果盘下压着一张字条:"兄弟,我叫冯友兰。很抱歉我刚才的所作所为。我也是一个口吃病患者,而且是越急越说不出话来。我之所以没有和你搭话,是因为我不想让你误解,以为我在嘲笑你。"

⊕ 金克木自学成才

1935年,只有小学学历的金克木经人介绍,到北京大学图书馆工作,负责借书还书。一天,他忽然想到:我为什么不能也像那些教授、学生一样读一些书呢?从此,借书人就成了他的"导师"。白天,他在借书台和书库间穿梭;晚上他就偷偷阅读那些被别人借过的书。日久天长,这个懵懂少年不仅靠自学精通了梵语、印地语、世界语等十多种语言文字,还在文学、历史、天文等领域卓有成就,成为一代奇才,与季羡林、张中行和邓广铭并称为"燕园四老"。

⊕ 鲁迅买单

某日,鲁迅走进理发店。店伙计上下一瞥,心里嘀咕着:"这家伙,不修边幅,胡子拉碴,肯定不是有钱的主儿。"于是,他就三下五除二"打发"了鲁迅。鲁迅非但没有生气，而且还随意掏出钱给他，把他高兴坏了。

过了一段时间，鲁迅又来理发，又是上次的店伙计"接待"他。店伙计心想，真是人不可貌相，这回可要认认真真理才行。

谁知付账时，鲁迅并没有再显豪爽，而是掏出钱来仔细地数给他，一个子儿也没多给。店伙计大感不解，说道："先生，今天咋给这点儿？您上回……"

鲁迅笑笑："上回你马马虎虎地理，我就马马虎虎地给；这次你认认真真地理，我便认认真真地给。"

⊕ 鲁迅喜欢北大"校花"马珏

马珏，浙江鄞县人，人称北大"校花"。其父马裕藻（幼鱼），与鲁迅同事，常有过从。鲁迅在马裕藻家见到马珏，被其聪慧美貌吸引，常过问其读书学习情况，喜欢与她聊天。在《鲁迅日记》中，记载有马珏者，共有五十三处之多，其中马珏给鲁迅信有二十八封，而鲁迅回信有十三封，另有送书。鲁迅还为她取号"仲服"。

1933年3月，马珏结婚。对于马珏的结婚，鲁迅不再送书给她的事，李霁野说："一次送书给我们时，他托我们代送一本给她，我谈到她已经结婚了，先生随即认真地说，那就不必再送了。"李霁野说他当时认为鲁迅太过于小心了。

⊕ 老舍舍不得穿新袜

老舍上小学那年,已经出嫁多年的姐姐,给小弟弟做了一双新袜子。可是弟弟放学回来时,她发现弟弟的脚上却是空空的。她问老舍:"你的新袜子呢?"老舍从书包里掏出那双新袜子,说:"老姐,我一出校门就脱掉了,我怕穿坏了。我上学时穿,放学了就脱掉。姐姐,我要和那些有钱人家的孩子比学习,不是比阔气。"

⊕ 门外有长者车辙

一天,张中行正在家里,忽然住西院的邻居霍家的人来问张中行是否在家,说是他家有一位亲戚,要来看张中行。张中行正感到奇怪时,客人来了。他一看,真是又惊又喜,来的竟然是朱自清先生。对于朱自清先生的来访,张中行很是感动,他认为自己的门外有了长者的车辙。

⊕ 林挺生见梁实秋只站不坐

刚到台湾时,梁实秋没地方住,台北师范学院院长刘真就找了个学校宿舍给他,没有椅子,书都放在地下。台湾著名企业家林挺生很敬仰梁实秋,让人送了一把藤椅和一个大麻袋来。梁打开麻袋吓了一跳,里面全是钱,他说,椅子我收下了,钱你还是背回去吧,无功不受禄。后来,林挺生来梁实秋家里见梁时，都只站着，以示敬重。

⊕ 于光远的"喜喜"哲学

于光远曾发明了一门独特的"喜喜"哲学，对此他这样解释："我的生活哲学很简单，叫作'喜喜'，这个名词是我发明的，前一个'喜'是动词，后一个'喜'是名词，意思是只记住有趣的事，从不回忆那些苦事，更不会无端发愁。因为，人到这个世界上走一趟不容易，只有短短的几十年，如果总是纠结于那些苦事和悲事，而忘记了能给你带来快乐的那些奇事和趣事，生活也就失去了本来的色彩。所以，我非常喜欢高兴的事，也就是喜欢'喜'。"

⊕ 张中行不知饱暖

张中行夫人李芝銮乃世家独女，温婉秀美，年龄比张中行大一个月，张中行一直叫夫人为"姐"。他曾写过一首诗，其中有一句"添衣问老妻"，可见把一切都托付给妻子了。有一次，他对人说："吃饭我不知饱，老妻不给盛饭，必是饱了；穿衣不知冷暖，老妻不让添衣，必是暖了。"

⊕ 陌上花发，可以缓缓醉矣

古龙爱酒，扬言"我爱的不是酒的味道，而是喝酒时的朋友"。林清玄去催稿，古龙说："你不陪我喝酒，我就不给你写。"林清玄被迫应战，两人"斗酒千杯"，竟然不醉。两人比不出酒量，就比喝酒速度。古龙将绍兴黄酒倒在两个盆子里，一人一盆，别人干杯，他们"干盆"。林清玄惜败，不省人事。

之后，古龙因纵酒患病，去世前一周，送林清玄一幅字"陌上花发，可以缓缓醉矣"，又黯然地说："今后要少喝酒。"见老友如此，林清玄滋味百般，亦不再饮酒。

⊕ 稿费按行计算

当年，林清玄是报社副刊编辑，常常向古龙约稿。当时台湾稿费按行计算，古龙常常一个字占一行，"十八个大汉跳下墙，咚，咚，咚……"一连写十几"咚"个，每字一行，多赚不少银子。一次，副刊连载古龙文章，本来说好一年结束，可古龙越写越高兴，愣是连载了八百多天，还不肯收尾。

⊕ 丰子恺新版《送别》

一次，丰子恺女儿丰一吟带着外甥、外甥女几个小朋友一同出去春游。回到日月楼后，孩子们兴奋得叽叽喳喳讲个不停，惹得丰子恺从楼上的工作室下来看热闹，听孩子们七嘴八舌的描述。此时，丰一吟开始教唱《送别》，不料唱到一半被丰子恺制止了，他对女儿说："小孩子哪懂什么知交半零落啊，我给他们另外写一个！"一时兴起的丰子恺沉思片刻后，张口就哼唱起新版《送别》来："星期天，天气晴，大家去游春，过了一村又一村，到处好风景。桃花红、杨柳青，菜花似黄金，唱歌声里拍手声，一阵又一阵。"

⊕ "休芸芸"引发误会

1925年春夏之交，困在北京的丁玲给鲁迅写了一封求助信。孙伏园看了信后，觉得像是休芸芸（沈从文用笔名）的笔迹，就告诉鲁迅，这个丁玲就是休芸芸，是个男的。鲁迅觉得有人捉弄自己，为之大怒。后来，与鲁迅有联系的一位编辑从胡也频那里证实了确有丁玲其人，而且在北京无以为生，已回湖南老家去了，便将这情况告诉了鲁迅。鲁迅心中的疑团和误会这才涣然冰释，对此鲁迅还觉得对不住丁玲。他说："她那封信，我没有回她，倒觉得不舒服。"

⊕ 周有光系了领带又戴领结

周有光回忆自己上圣约翰大学时，报名要照片，他说："我的同学关照我：'你最好拍一张西装照片。'因为我在常州不穿西装，土得很，也不知道西装怎么穿。到照相馆去拍照，照相馆有西装准备拍照用的，照相馆的人也不知道怎么打领带、领结。闹了一个笑话：他给我戴了一个领带，再戴一个领结。照片寄到上海，我的同学大笑，赶快寄回来，要求重拍。"

⊕ 马一浮念亡妻不再娶

马一浮妻汤仪逝世,他写下《哀亡妻汤孝愍辞》。云:"孝愍归我三十一月,中间迭更丧乱,无一日不在悲痛中,浮未有与卿语尽三小时者,然浮所言他人所弗能解者,卿独知其意。吾之志、之学、卿之慧盖已能及之。卿虽幼不知书,浮或教以诗,卿辄默记无遗,且好诵悲忿惨痛之篇,往往至于哭泣。盖其性情笃厚,真马浮妻也。卿即死,马浮之志、之学、之性情、之意识,尚有何人能窥其微者!"

马一浮妻亡时,马年仅二十岁,至八十四寿终,未再娶。

⊕ 马一浮弥留唤慰长

马一浮早孤,幸得大姐照料,大姐临终,嘱其子慰长,对其舅关心,马一浮亦视慰长如子。1967年6月2日,马一浮与世长辞。弥留之际,曾多次让陪护人员发电报叫外甥慰长过来。慰长本名丁名祐,从小聪明好学,深受马老喜爱。然而当时的慰长夫妇早已被打成"右派反党小集团",受尽折磨,在生活无着的情况下,夫妻二人怀抱着不到周岁的女儿,投太湖自尽了。

⊕ 马一浮称子恺仁兄

丰子恺比马一浮小16岁,同时马一浮又是其师李叔同的朋友，因此视马一浮为老师。但马一浮给丰子恺写信，总称丰子恺为"子恺仁兄"或"子恺尊兄"。1939年初，丰子恺在给马一浮的信中，表示被称"兄"实在不敢当，要求以后不要以"兄"相称。马一浮在回信中，就改称为"子恺吾友"，有趣的是其在下又注明"遵来谕不称兄"，而在后来两人的书信交往中，马一浮对丰子恺照样称"兄"不误。

⊕ 林语堂"相面打分"

在东吴大学，林语堂的英文课从不举行任何形式的考试。每当学期结束前，要评定学生的成绩了，他便坐在讲台上，拿一本学生名册，轮流唱名，被唱到名字的学生依次站起来，他则像一个相面先生一样，略为朝站起的学生一相，就定下分数了。林语堂敢于"相面打分"，是平日在课堂上总是随时指认学生起立回答问题，几节课下来，他便能记住全班学生的姓名了。未到学期结束，每位学生的学力和程度，他已有一个清晰的轮廓和印象。他的学生回忆，林先生的"相面打分"其公正程度，远远超过一般以笔试命题考试计分的方法，同学们心中无不信服。

⊕ 鲁迅和胡适饮酒不欢

当年，鲁迅居住在北京西城，东城去的较少。他日记中记载，曾与胡适在东城的东兴楼有过两次饭局。一次是胡适请鲁迅，另一次是郁达夫请鲁迅和胡适。鲁迅1932年2月

27日日记写道:"午后胡适之至部,晚同至东安市场一行,又往东兴楼应郁达夫招饮,酒半即归。"看来这次吃得不高兴。

⊕ 不懂外文的翻译家

林纾不懂外文,却与魏易、曾钟巩等人合作,以"耳受笔追"的方式翻译了涉及11个国家的107位作家的作品。

林纾有一位同乡叫王昌寿,留法回国后,两人开始合作翻译小仲马的《茶花女》。由王昌寿口译,林纾用文言文记录下来。那时,王昌寿手捧原著,一边浏览,一边口述;林纾则展纸挥笔,经常是王昌寿刚说完一句,他就已写好一句。一天4个小时下来,记下的文字已有6000多字。1899年夏天,昌言报馆版本的《茶花女遗事》公开发售。一时间,洛阳纸贵,很快流传开来。

⊕ 过去六十九年都做错了

蔡元培七十岁,上海各界在国际饭店为他祝寿。他在答词中说:"诸位来为我祝寿,无外希望我再做几年事,我已经七十岁,始觉过去六十九年都做错了,要我再多活几年,无非再做几年错事。"

⊕ 我也改你的作战计划，如何？

抗战期间，白崇禧聘翻译家乔大壮为参议。一次，白将乔的文稿改了几个字，乔勃然大怒道："阁下是总参谋长，我是中央大学教授，各人自有一行，你能改我的文章，我也改你的作战计划，如何？"白崇禧只好认错。

⊕ 金岳霖接触社会

金岳霖晚年深居简出，毛泽东建议他"要多接触社会"，他便和一个蹬平板三轮车的约好，让他每天载着自己到王府井一带转一大圈。

⊕ 三毛解倪匡尴尬

倪匡和三毛到台中去演讲，来了七八千个读者，三毛特别受欢迎。当天还有几个比较文学的教授，大家介绍自己时，都说是某某大学毕业。轮到学历很低的倪匡，他只有结结巴巴地说："我只是小学毕业。"三毛看倪匡一副尴尬，便向观众说："我连小学都还没毕业。"其实，她曾留学西班牙、德国。

⊕ 三毛不生气

蔡澜回忆，有一次，我们三人都在台北，到古龙家去聊天，另外在座的是小说家三毛。

当晚，三毛穿着露肩的衣服，雪白的肌肤，看得倪匡和古龙都忍不住，偷偷地跑到她的身后，一二三，两人一齐在左右肩各咬一口。

可爱的三毛并不生气，哈哈大笑。

⊕ 我们要尊重钱

三毛对陈田心说：姊姊，我们要尊重钱，我们不要吝啬，但要尊重它，因为这是我们用劳力换来的，不是给我们挥霍的，每分钱都要用在值得的地方

⊕ 棉袄里蹿出老鼠

曹禺是典型的书呆子，生活上大大咧咧，一点不讲究。他有时穿两只不同的袜子上街，也若无其事。有趣的是，一次他穿棉袍上课，下课到休息室，脱棉衣时，一只老鼠从棉袄中蹿了出来。后来他写《北京人》剧本，就把耗子贯穿在整个剧本中。

⊕ 鲁迅不敢男女混浴

对于传统的中国人来说,在日本最不可思议的事情之一大概就是男女混浴了。许广平在《欣慰的纪念》(1953年人民文学出版社出版)一书中回忆道,20世纪20年代鲁迅在日本仙台就读时就曾误入男女共浴温泉,捂住下身狼狈地蹲在温泉里不敢站立,有些日本姑娘就光着屁股前来批评他封建。

⊕ "三不粘"

鲁迅很喜欢当时北京广和居的一道叫"三不粘"的菜,这道菜似糕非糕,似羹非羹,用汤匙舀食时,一不粘匙,二不粘盘,三不粘牙,清爽利口,故名"三不粘",而且还有解酒的功用。

鲁迅还爱吃零食和点心,他最爱的点心是萨其马。

⊕ 怨偶

成名于上世纪30年代的女作家沉樱,爱上才子梁宗岱,为他生育两名子女,并曾因此中止写作。不想,梁随后却在广西与一位粤剧演员相恋。沉樱拿出"山东人的性格",带着幼子、母亲和弟妹迁居台湾。1950年沉樱和梁宗岱恢复通信,沉樱称梁为"怨偶",此后始终不见梁宗岱。

⊕ 作徽因丈夫有点累

林徽因死后，梁思成曾跟后妻林洙说过，作为徽因的丈夫，有点累。"林徽因的才华是多方面的。所以做她的丈夫很不容易。中国有句俗话，'文章是自己的好，老婆是人家的好。'可是对我来说，老婆是自己的好，文章是老婆的好。我不否认和林徽因在一起有时很累，因为她的思想太活跃，和她在一起必须和她同样地反应敏捷才行，不然就跟不上她。"

⊕ 里昂校园的戴望舒纪念牌

里昂三大的校园，为《雨巷》诗人戴望舒种了一丛丁香树，旁边有一块牌子，上面的中文是："纪念中国诗人戴望舒里昂中法大学学生"。1932年~1934年，戴望舒在此学习和生活。

⊕ 戴望舒嗜书如命

即使因为囊中羞涩，买不起书，光是看一看，摸一摸，也会感到其乐无穷。戴望舒最喜欢逛塞纳河左岸的书摊，他说："就是摩挲观赏一回空手而返，私心也是很满足的，况且薄暮的塞纳河又是这样的窈窕多姿！"

⊕ 胡适的三味药

胡适曾给毕业生开过三味药。第一味药叫问题丹,每个人总得带一两个麻烦有趣味的问题在身边作伴,以丰富自己的精神。第二味药叫兴趣散,人生总得有个乐趣,不为名不计利的爱好,避免心灵枯竭。第三味药是信心汤,这个时代,正是培养我们的信心的时候,没有信心,我们真要发狂自杀了!

⊕ 梁漱溟6岁还不会穿裤子

国学大师梁漱溟的一生充满了传奇色彩:6岁启蒙读书,但还不会穿裤子;只有中学毕业文凭,却被蔡元培请北大教印度哲学;一生致力于研究儒家学说和中国传统文化,是著名的新儒家学者,可是却念念不忘佛家生活。一生不断追求的两个问题:一是人生问题,即人为什么活着;二是中国问题,即中国向何处去!

⊕ 蒋梦麟喻三种婚姻

蒋梦麟将当时婚姻归纳为三种:旧式婚姻谓"狗皮膏药",贴上去不容易,撕下来痛;普通婚姻谓"橡皮膏药",贴上去方便,撕下来也不难;摩登男女婚姻谓"轻气球",只贪图一时欢愉,却稍有疏忽,即行即离。

⊕ 谋生经商最妙

陈寅恪说:"我侪虽事学问,而决不可倚学问谋生,道德尤不济饥寒,要当于学问道德之外,另谋求生之地,经商最妙。"

⊕ 沈从文推荐学生作品

沈从文先生在西南联大教书时,经常把学生好的作品推荐给报刊发表,以资鼓励。为此,他自己承担邮费。为了防止超重太多,节省邮费,沈先生经常把纸边裁去,只剩下纸芯。多年后,汪曾祺回忆起这件事情,动情地说:"这当然不好看。但是抗战时期,百物昂贵,不能不打这点小算盘。"

⊕ 胡适戏悼钱玄同

钱玄同为了表示对封建遗老的憎恶,他曾经说过一些过激的话,如"人到40岁就该死,不死也该枪毙"之类……。

1927年9月12日,钱玄同40岁生日。胡适纠集了周作人等一大帮知名文人,欲在《语丝》杂志上编一期"钱玄同先生成仁专号"。为此,他们煞有介事地写讣告、撰挽联、赋悼词。后来,因种种原因,这个专号没有刊行。谁知,一年后胡适再次旧事重提。

1928年9月12日,胡适特意作了一首言辞幽默的打油诗《亡友钱玄同先生周年纪念歌》寄给他，全诗如下：

该死的钱玄同，"怎会至今未死"！一生专杀古人，去年轮着自己。可惜刀子不快，又嫌投水可耻，这样那样迟疑，过了九月十二。可惜我不在场，不曾来监斩你。今年忽然来信，要作"成仁纪念"。这个倒也不难，请先读《封神传》；回家去挖一坑，好好睡在里面，用草盖在身上，脚前点灯一盏，草上再撒把米，——瞒得阎王鬼判，瞒得四方学者，哀悼成仁大典，年年九月十二，到处念经拜签，度你早早升天，免在地狱捣乱。

⊕ 青年先要做成一个人

有次，梁启超在苏州向青年学生演讲时说：

你如果做成一个人，知识自然是越多越好；你如果做不成一个人，知识却是越多越坏。你不信吗？试想想全国人所唾骂的卖国贼某人某人，是有智识的呀，还是没有智识的呢？试想想全国人所痛恨的官僚政客——专门助军阀作恶鱼肉良民的人，是有智识的呀，还是没有智识的呢？诸君须知道啊，这些人当十几年前在学校的时代，意气横历，天真烂漫，何尝不和诸君一样？为什么就会堕落到这样的田地呀？……天下最伤心的事，莫过于看着一群好好的青年，一步一步的往坏路上走。诸君猛醒啊！现在你所厌所恨的人，就是你前车之鉴了。

⊕ 汤尔和不谈政治

在胡适四十大寿之际,汤尔和送了一副对联:"何必与人谈政治,不如为我做文章",借此表明自己"不谈政治"的姿态。

⊕ 鲁迅《自嘲》诗的由来

1932年4月5日在聚丰园,郁达夫请鲁迅夫妇、柳亚子夫妇边喝边聊。鲁迅晚年得子,对许广平很是关爱。生完孩子的两年中,鲁迅花了很大心血照顾他们母子。郁达夫饭桌上就打趣说,你这些年辛苦了吧。鲁迅有些腼腆,当场回答:"横眉冷对千夫指,俯首甘为孺子牛。"

郁达夫又说:"看来你的'华盖运'还是没有脱?"鲁迅说:"给你这一说,我又得了半联,可以凑成一首小诗了。"这便是鲁迅创作《自嘲》诗的由来。

⊕ 张爱玲钟情粉蒸肉

张爱玲特别喜欢的菜是粉蒸肉,她曾说:上海女人像粉蒸肉,广东女人像糖醋排骨。

⊕ 戒酉

一次胡适去青岛,闻一多等教授设宴款待。席间,三十坛花雕酒转眼喝完。胡适眼看酒力不支,于是从怀中掏出一枚戒指请大家传看,只见戒指上刻着两个字:戒酉。原来这两个字是夫人江冬秀为劝丈夫戒酒亲自刻上去的。只是由于江冬秀文化水平低,将"戒酒"误刻成"戒酉"。大家看了,便不再为难胡适。

⊕ 今天是画会,敢问您也会画画吗?

1924年春,泰戈尔应邀到北京访问。当时,陈衡恪、齐白石组织的北京画会要在凌叔华家的书房开会,凌叔华因为认识陪同泰戈尔访华的一位画家,便邀请他赴会。凌叔华一见面就问泰戈尔:"今天是画会,敢问您也会画画吗?"泰戈尔便即兴在凌叔华准备好的檀香木片上画了莲叶和佛像。

⊕ 我的爱情不是上厕所

吴宓追求毛彦文时,写过四首《吴宓先生之烦恼》古诗,其中一首惊天动地:"吴宓苦爱毛彦文,三洲人士共知闻。离婚不畏圣贤讥,金钱名誉何足云。"这诗最初发表在报上,只是"毛彦文"三字留了空。据说,金岳霖劝过吴宓:"你的诗如何我们不懂。但是其内容是你的爱情,并涉及到毛彦文……私事情是不应该在报纸上宣传的。我们天天早晨上厕所,可是,我们并不为此而宣传。"吴宓大怒:"我的爱情不是上厕所"。金岳霖无话可说,知道自己打错了比喻,说得"不伦不类"。

⊕ 吴宓"非礼勿动"的君子风度

毛彦文自尊心强,在被朱君毅"遗弃"之后,发奋深造,于1929年赴美留学获硕士学位,1931年回国。

这期间,吴宓曾觅一机缘赴美,在一家旅馆约见毛彦文。两人谈文论道十分投机,入夜暴雨大作,交通中断,毛彦文不得归。夜深,吴宓提议毛上床休息,并说:"我反对《西厢记》里的张生,我赞成《红楼梦》里的宝玉,贾宝玉从不对林妹妹动手动脚!"当夜,吴、毛果同床共眠,吴以"非礼勿动"的君子风度处之,竟一夜相安无事。事后,吴郑重地将此事记在《吴宓日记》中。

⊕ 熊希龄为毛彦文剃去胡须

1935年2月,熊希龄与毛彦文,在上海办婚礼,《申报》有这样的报道:"前国务总理熊希龄氏,现年66岁,悼亡四载,昨日下午三时,借慕尔堂与毛彦文女士行婚礼。毛女士为留美女学生,任大学教授,芳龄三十有八,红颜白发,韵事流传,沪上闻人咸往道贺,汽车塞途,极一时之盛。"

毛彦文对熊希龄只提了一个要求,必须剃去他蓄留了

20 年的胡须，熊希龄欣然听命。

⊕ 燕园"归燕"

费孝通在自己的文字里也不断地提到已经逝去了的燕京大学，因此称自己是一只"旧燕"。他跟北大的关系是那样的不离不弃，他不断地回到北大，做了很多的事情。他曾在20世纪80年代初来到北大做兼任教授，后来还带学生，干脆去掉了兼任两字，虽然人事关系不在北大，却成了一名正式的北大教授，为此而成立了社会学所，后来又更名为社会学人类学研究所。

⊕ 陈岱孙终身未婚

陈岱孙1918年考入清华，哈佛大学博士毕业后回清华任教。陈岱孙和金岳霖是西南联大四大黄金单身汉，陈岱孙身高一米九，高大帅气，在校期间许多女生对他怦然心动，成为女生择偶要求。但他治学严谨，淡泊名利，一生奉献教育事业，终身未婚。

⊕ 我在哪里，哪里就是中国

1978年，学人余英时率领美国"汉代研究代表团"到中国进行为时一个月考察。回美的路上，余英时诗情勃发，吟出"一弯残月渡流沙,仿古归来兴倍赊。留得乡音皤却鬓,不知何处是吾家。"返回美国后,他情绪低落数月。多年后,余英时这样说:"我在哪里,哪里就是中国。"

⊕ 史量才的《本馆启事》

袁世凯遣薛大可携十五万大洋赴沪,欲请史量才主持的《申报》鼓吹帝制。史量才严词坚拒,并起草了"申报馆经理部主笔房同人启"的《本馆启事》,刊登在《申报》1915年9月3日头版头条。启事开门见山,一上来就点明了刊登这份启事的原委是:"有人携款十五万,来沪运动报界,主张变更国体者。"随之表明向来不受贿买的操守:"按本馆同人,自民国二年十月二十日接手后,以至今日,所有股东,除营业盈余外,所有馆中办事人及主笔等,除薪水分红外,从未受过他种机关或个人分文津贴及分文运动。"

⊕ 抗战时的国立西北联合大学

多少年来,当西南联大声誉隆起,西北联大则湮没在历史的尘埃中,鲜为人知。抗战爆发后,北平大学、国立北平师范大学、国立北洋工学院三所院校迁至西安,组成西安临时大学。后迁往汉中,不久改名为国立西北联合大学。

⊕ 余光中诗祭蔡元培

1940年春,"北大之父"蔡元培在香港病故,葬于香港仔华人永远坟场。

1977年台湾诗人余光中专程前往拜祭,却找不到他的墓碑。几经周折才在杂草丛中寻获,余光中作诗感叹:"想墓中的臂膀在六十年前,殷勤曾摇过一只摇篮,那婴儿的乳名叫做五四。那婴孩洪亮的哭声,闹醒两千年沉沉的古国,从鸦片烟的浓雾里醒来。"

⊕ 吕思勉"贬岳尊秦"被查禁

1923年9月,由商务印书馆初版的吕思勉所著《白话本国史》,对秦桧有正面评价,对岳飞则以军阀视之,认为他"只郾城打一个胜战,……郾城以外的战绩,就全是莫须有。最可笑的,宗弼渡江的时候,岳飞始终躲在江苏,眼看着高宗受金人追逐"。其"贬岳尊秦"的特异观点,受到世人抨击,故1935年由南京市政府呈请教育部,予以查禁。

⊕ 章太炎填户口调查表

章太炎早年在日本,东京警视厅让他填写一份户口调查表。原是例行公事,章太炎却十分不满,所填各项为:"职业——圣人;出身——私生子;年龄——万寿无疆。"

⊕ 汉代也许没有杨子云

上世纪五十年代，我国出版的几种现代文学史，如《中国现代文学史略》、《中国新文学史稿》、《中国新文学史初稿》、《新文学史纲》以及大学中文系课堂上，都不提张恨水的名字，好像这个作家从来没有在历史上存在过一样。张友鸾先生感叹，这种做法"使人联想到'汉代也许没有杨子云'这个历史故事"。

⊕ 用接近古人的方式去读古诗

读古诗要会吟诵，就是从音乐声调中感受到诗中情感。如何用接近古人的方式去读古诗？叶嘉莹说，无论用江浙话、闽南话，还是粤语都没什么问题，有一种简单的方法，就是古人读入声、现代人读平声的一些字，读成短促的近于"去"声字的读音，这样吟诵古诗时才能传达出声律的美感。

⊕ 把人性之本初的感情杀死

叶嘉莹第一次要把人性之本初的感情杀死，是在遭遇因久被囚禁而形成动辄暴怒之性情的丈夫的家暴之时。那时，她上有年近八旬的老父，下有两个读书的女儿，她不能把悲苦形之于外。

她读到一首王安石的《拟寒山拾得》的诗偈，恍如一声棒喝，将她从悲苦中拉出。诗是这样说的："风吹瓦堕屋，正打破我头。瓦亦自破碎，匪独我血流。众生造众业，各有一机抽。切莫嗔此瓦，此瓦不自由。"她用诗偈来引导自己，告诫自己：那个感情使我受到了伤害，我要把感情杀死，我不再为感情之事烦恼。

⊕ 巴金营救女读者

1937年的一天，巴金突然收到一位女性读者来信，称自己读了《家》后离家出走，感情受挫曾想自杀，后到一座寺庙带发修行，发现和尚心存不轨，于是向巴金求救。巴金看信后立即赶到女读者所在地，冒充其舅，付清80多元房钱，购买车票，让她到上海投靠真正的舅舅。

⊕ 意境就是心境

一年深秋的时节，朱光潜居住的院子里积满了厚厚的落叶，一位男学生看到后就要勤快地去打扫，朱光潜急忙阻止他说："我等了好久，才存了这么多层落叶，晚上在书房看书，可以听见雨落下来，风卷起的声音。这个记忆，比读许多秋天境界的诗更为生动、深刻。"

⊕ 辜鸿铭论银行

当年袁世凯搞善后大借款，六国银行请辜鸿铭任翻译。

辜临去时说了一句名言:"所谓的银行家,就是晴天千方百计把伞借给你,雨天又凶霸霸地把伞收回去的那种人!"此语被当成英国谚语收入了英国《大不列颠辞典》。

⊕ 费孝通不拘一格

费孝通讲课有时用中文,有时英文,但他不用教科书,也不用讲稿,讲的内容海阔天空。有一次他出了两道试题,告诉学生可做两道,也可做一道,可按他讲课内容答题,也可别出心裁自圆其说。最后,他把最高分给了一位只做了一道题,而且是完全按照自己的理解作答的学生。

⊕ 教授与影星黄昏之恋

1975年,适入耄耋之年的梁实秋在台北偶遇小他二十八岁的歌星韩菁清,竟然开始了一段轰轰烈烈的忘年恋。

报纸首先发难,《教授与影星黄昏之恋》类似的新闻标题在大小报纸上频频出现。多数文章都认为让韩菁清这样一个演艺圈中的过气的明星嫁给一个"国宝级"的大师,是对大师的亵渎。梁的学生成立了"护师团";梁的友人也认为"一树梨花压海棠"太不像话;他们说她是"收尸团"一员,与梁先生结婚就是图谋他的钱财;他们甚至说她是一个"烂货"!

从抗战时期即被鲁迅骂得体无完肤的梁实秋可谓早已经品味到"天凉好个秋"。面对铺天盖地的喧嚣,他不过是淡淡一笑。

1975年5月9日，梁实秋与韩菁清举行了婚礼。新房设在韩菁清家——从来就没有缺过钱的韩菁清，唱歌一晚上的收入就要比梁大教授一个月的工资高，光是在台北就有好几套房子。那天晚上，高度近视的新郎官因不熟悉环境，没留心撞到墙上。新娘子立即上前将新郎抱起。梁实秋笑道：这下你成"举人"了。新娘也风趣地回答说：你比我强，既是"进士"（谐音近视），又是状元（谐音撞垣）。两人相视大笑。

梁实秋和韩菁清度过了13年质量饱满的婚姻之后，84岁驾鹤西去。弥留之际，他拼尽全身力气喊出的最后一句话是：清清，我对不起你，怕是不能陪你了！

⊕ 张爱玲的做人哲学

张爱玲说："一个人假使没有什么特长，最好是做得特别，可以引人注意。我认为与其做一个平庸的人过一辈子清闲生活，终其身，默默无闻，不如做一个特别的人，做点特别的事，大家都晓得有这么一个人；不管他人是好是坏，但名气总归有了。"

⊕ 光华大学是华东师范大学的前身

1925年，上海发生"五卅惨案"，圣约翰大学学生竖起一根很大的旗杆，下半旗为顾正红志哀。学校当局不同意，并说，你们可以在学校里开会纪念，不能参加外面的游行。

这样，就发生了一场轰动全国的"六三离校"事件：圣约翰大学及其附属中学的553名学生和19名教师，集体宣誓脱离圣约翰大学，其中有10余名应届大学毕业生，已经完成学业，声明不接受圣约翰大学的毕业文凭。

学生离校后，教师和学生们商议，今后是分散各找出路，还是团结起来办一个新的大学。商议的结果是：办一个新的大学。

新的大学定名为光华大学，取日月光华之义。在家长和社会各界的支持下，只三个月时间，新的光华大学就在霞飞路开学了，这所学校便是华东师范大学的前身。

⊕ 杨戴鹣鲽情深

1937年，英国姑娘戴乃迭在牛津大学认识来自中国的杨宪益，两人一见钟情，1940年在中国结婚。

从此以后，除了因公出访，戴乃迭只回英国探过一次亲。60年来，她从没想过离开中国、离开杨宪益。她把一生献给了爱人和她的第二祖国。每次想到这些，都让杨先生感到无限怅悔。自从妻子不幸离世，杨宪益放下了手中的译笔，谢绝了与朋友的来往，他的生命也仿佛凝固，戴乃迭的素描画像一直端挂在客厅的墙壁上，他活在对戴乃迭的思念和对往事的追忆中。每天一包烟，陪他看电视，看日光恍惚从暗到明再从明到暗。"怕什么呢？都这么老了。"

⊕ 五等爱情论

1919年在哈佛大学，陈寅恪曾对友人吴宓阐述自己的"五等爱情论"：第一，情之最上者，世无其人，悬空设想，而甘为之死，如《牡丹亭》之杜丽娘是也；第二，与其人交识有素，而未尝共衾枕者次之，如宝、黛是也；第三，曾一度枕席而永久纪念不忘，如司棋与潘又安；第四，又次之，则为夫妇终身而无外遇者；第五，最下者，随处接合，惟欲是图，而无所谓情矣。

⊕ 灌阳唐公景崧之孙女唐篔

陈寅恪年近不惑，仍未婚娶。其父陈三立从好言催促，到厉声警告："尔若不娶，吾即代尔聘定。"陈寅恪只好请求父亲宽限些时日。一次，在清华同事闲谈中，偶尔提到曾在一位女教师家中，看到墙壁上悬挂的诗幅末尾署名"南注生"。同事不知"南注生"是谁。陈寅恪吃惊地说："她必灌阳唐公景崧之孙女也。"。唐景崧就是在中法战争时请缨抗法的封疆大吏。他写的"请缨日记"，陈寅恪早已读过，知道"南注生"就是唐景崧的别号。他便冒昧登门拜访，认识了唐篔。不久，38岁的陈寅恪与30岁的唐篔缔结了偕老之约。

⊕ 铁肩辣手

1918年10月5日,邵飘萍辞去《申报》的职务,创办了《京报》。《京报》创刊时,邵飘萍特意写了四个大字"铁肩辣手"挂在编辑室正面的墙上,以自勉和激励同事。"铁肩辣手"取自明朝杨椒山的著名诗句"铁肩担道义,妙手著文章"。邵飘萍将"妙手"改为"辣手",一字之改,媒体风骨表露无遗。

⊕ 必使政府听命于正当民意

1916年,上海《申报》社长史量才聘请邵飘萍为驻京特派记者,使他成为中国新闻史上第一个享有"特派"称号的记者。两年后,他自创《京报》,在创刊词《本报因何而出世乎》中,明确提出了这样的办报宗旨:"必使政府听命于正当民意之前,是即本报之所作为也。"

⊕ 两国交战,不便接谈

1942年初,两个日本人求见张元济,他在对方的名片背后写下"两国交战,不便接谈"八个字,拒绝见面。他与汪精卫本来有私交,20世纪20年代,他去广州,汪曾陪同他拜谒黄花岗烈士墓。当汪与日本人合作后,他就不再与其有任何来往,汪托人带来与陈璧君合著的《双照楼诗集》,

张元济终不予理睬。

⊕ 清华校训：自强不息，厚德载物

1914年，梁启超先生在清华大学做了一次著名的演讲，题目是《君子》。

《君子》一篇，气势浩荡，文采华美，不在《少年中国说》之下。文中引用了易经中乾坤二卦的卦象"自强不息"和"厚德载物"作为君子形象的明确注脚，隐寓深意：朗朗乾坤即君子安身立命之所。

演讲以后，清华即以"自强不息，厚德载物"八字作为校训。

非常值得一提的是，演讲中，梁启超成为了第一个把来自西方文化的词汇"绅士"（gentleman／文中音译"劲德尔门"）与中国文化的"君子"进行对比呼应的人。

⊕ 吴稚晖"自讣"

1921年8月，吴稚晖赴法国里昂，就任中法大学首任校长，但与留法勤工俭学学生发生冲突，只好避走英国。后回国，仍遭学生的"围剿"，不得安宁。为求解脱，吴稚晖在北京的报纸上发一"自讣"：

"寒门不幸，害及自身，吴稚晖府君，痛于中华民国十二年一月三十一日疾终于北京。因尸身难得溃烂，权殡于空气之中。特此讣闻。新鲜活死人吴敬恒泣血稽颡。"

⊕ 时务学堂为湖南大学的前身

1897年维新运动期间，熊希龄等开明士绅"创为添设时务学堂之议"，得到湖南巡抚陈宝箴及谭嗣同、唐才常等维新派人士的全力支持。巡抚随即宣布"本年开办，择期开学"。在校舍未建成之前，委熊希龄寻找临时校舍。熊找到自己的同榜进士、益阳翰林周挂午（周谷城叔祖父）租得小东街（今中山西路三贵街口）一套五进宅第（占地约3000平方米），权作校舍。1897年9月时务学堂录取蔡锷等40名学生入学，熊希龄任提调（校长），聘梁启超为中文总教习。11月梁启超由沪抵湘，他每天授课4小时，还要批改学生课卷，每卷都写批语，常彻夜不眠，直到1898年2月病倒离湘。戊戌政变后时务学堂改成求实书院，迁至落星田。1903年求实书院与岳麓书院合并为湖南高等学堂，成为湖南大学的前身。

⊕ 时务学堂故址

1922年，梁启超应当时省长赵恒惕的邀请来长沙，由曾经当过梁秘书的李肖聃作陪，重游时务学堂。当时时务学堂已归湘潭一个姓言的老板。言老板听说维新派风云人物梁启超要来，立刻笔墨侍侯。梁启超睹物思人，潸然泪下，写下"时务学堂故址"六个大字。抗战期间，长沙城几乎毁于"文夕大火"，时务学堂也难逃劫数，成了废墟一片。幸得言老板在大火前夕将梁启超亲题的"时务学堂故址"墨宝转藏于湘潭才得以幸免。

⊕ 二云先生

刘文典在西南联大时染上了抽鸦片的恶习，还赞美"云南土烟"为鸦片中上品，又因他喜云南火腿，故有"二云居士"、"二云先生"的称号。而刘深受鸦片之苦，不能解脱。

1943年，刘文典应普洱大豪绅、盐商张孟希之邀，为其母撰写墓志，张孟希赠他"云土"50两。此举引来西南联大同事的非议，认为他不堪为人师表，随后校方将其解聘。

⊕ 杨步伟嫁妆解窘境

赵元任和新婚太太杨步伟到了美国哈佛大学，因为花钱缺少规划，两人很快陷入窘境，租了房子就没钱了。赵元任只好跑到纽约，录国语标准音唱片给商务印书馆，并讨要上一期唱片的稿费。等他回到哈佛，发现杨步伟已经搞到了几百上千美元，因为她把携带的一个皮箱里的嫁妆打开，把里面的皮衣首饰等卖给了哈佛的美国教授太太们。

⊕ 幸福要靠自己创造

周有光和"合肥四姊妹"中的老二张允和从认识到恋爱、结婚，长达8年时间。他在求婚信里，有这样一句话"我很穷，怕不能给你幸福。"张允和的回信有10页纸，主要是为了证明"幸福是要靠自己创造的"。

⊕ 我信仰的是人类的发展规律

周有光告诉资中筠,"你是无神论者,我也是,但我有信仰,我信仰的是人类的发展规律,人类必然得这么发展,你要是走错了路,你非得走回来不可。"

⊕ 罗家伦力主清华大学冠以"国立"

罗家伦力主清华大学易名为"国立清华大学"。他反复强调"在清华大学前面增加'国立'二字,是中国学术独立的重要标志"。同时,罗家伦想借此理顺清华大学的隶属关系,促使清华大学脱离外交部的管辖,归属大学院(相当于教育部)领导,这样,就赋予了由美国退还庚子赔款兴办的清华学校——留美预备学校新的生命。

陈寅恪说:"志希(罗家伦字)在清华,把清华正式地成为一座国立大学,功德是很高的。"

⊕ 穿军装马靴的清华校长

有国民政府少将衔的罗家伦主政清华时,浸润于北伐后形成的"战场政治"思维之中,常着一身军装马靴,以"纪律化""军事化"管理学生。

⊕ 费正清不识范仲淹

哈佛燕京学社派遣赴华留学的学者有费正清、贾天纳、李约瑟等等，后来都成为美国汉学界颇有声名的亚洲学教授。但刘子键先生讲，他到哈佛去做研究计划，费正清问他做什么题目，刘子键说要做范仲淹，费正清居然问："谁是范仲淹？"

⊕ 唐晓芙的原型是赵萝蕤

据施蛰存先生说，钱锺书《围城》中的唐晓芙是有原型的，这就是二十五岁即首先把《荒原》译成中文的燕京才女赵萝蕤，她是著名神学家、燕京大学宗教学院院长赵紫宸的女儿，后来嫁给陈梦家。

⊕ 陈梦家室内一色明代家具

赵萝蕤和陈梦家把家安在燕京大学的朗润园。"室内一色明代家具，都是陈先生亲手搜集的精品，客厅里安放着萝蕤的斯坦威钢琴"。陈梦家收藏的明代家具，收藏甚丰。王世襄先生在《怀念梦家》一文中写到，"梦家此时已有鸿篇巨著问世，稿酬收入比我多，可以买我买不起的家具。例如那对明紫檀直棂架格，在鲁班馆南口路东的家具店里摆了一两年，我去看过多次，力不能致，终为梦家所得。

⊕ 钱锺书讽陈寅恪

1978年,钱锺书在意大利的一次学术会议上批评陈寅恪:"解放前有位大学者在讨论白居易《长恨歌》时,花费博学与细心来解答'杨贵妃入宫时是否处女?'的问题——一个比'济慈喝什么稀饭?''普希金抽不抽烟'等西方研究的话柄更无谓的问题。"

⊕ 钱锺书外语"进口不内销,提价转出口"

钱锺书英文、法文、德文俱佳,却甚少在国人面前卖弄。他写过这样一段话:"说话时夹带许多英文单词,好比牙缝里塞满了肉屑。""外国话恐怕用到想谈恋爱又想掩人耳目时最妥帖。"改革开放后,钱氏出国访问,在西方学者面前才狠狠秀了一把法文。好事者论道:"进口不内销,提价转出口。"

⊕ 读者为女主人公请命

20世纪30年代的北平,有五六家报纸同时连载张恨水的数篇长篇小说。每天下午两三点,就有很多读者在报馆门前排队,欲先睹为快。小说中一女主人公积劳成疾,命在旦夕,读者来信竟如雪片般飞涌报馆,异口同声地为其请命。

沙场鼓角

⊕ 台儿庄无名抗日女兵

1938年春天,一位来自湖南长沙的18岁女学生,瞒着父母毅然投入抗日洪流,随部队来到徐州的台儿庄战场。战斗中,这位无名女兵不幸中弹负伤。她自知将不久于人世,遂将一封信、一张照片和两块银元交给房东大嫂,托她寄给自己的父母。但女兵牺牲后,日寇随即占领徐州,房东大嫂逃难回来,发现女兵的信已被水浸烂,只剩下一张发黄的照片。几十年来,房东大嫂不忘在女兵的坟头上烧一把纸。去世前夕,还反复叮嘱孙子陈开灵,不要忘了每年替她烧纸上坟。

2004年,陈开灵终于联系湖南媒体,将女兵遗骸归返故里。

⊕ 误国之罪,一死犹轻

1938年5月9日,日军十六师团进攻郓城,23师师长李必蕃令69旅死守。该旅守城不力,郓城失陷。后日军重兵临菏泽城下,他率师直属部队与敌军肉搏,菏泽沦陷。他在城郊腹部中弹,临终前用军用地图反盖于胸,上书:"误国之罪，一死犹轻，愿我同胞，努力杀敌。"

⊕ 奥运选手　抗日英雄

王润兰，参加 1936 年第 11 届柏林奥运会拳击比赛，先后击败日本英国选手闯入决赛，后被无理取消比赛资格。归国后参加抗日战争，1937 年 9 月 21 日身负重伤的情况下，身绑集束手榴弹炸毁日寇坦克，壮烈殉国！王润兰牺牲后国民政府授予民族英雄称号。

⊕ 竹林遗书

抗战爆发后，广西当局于 1938 年 11 月间成立"广西学生军"，报名者包括在学的大学生、中学生、社会青年及年轻的公务员，主要的工作是从事政治上的文宣、组织与训练工作；同时包括了军事上的情报工作，以及结合民众的力量，以破坏敌后方交通运输的游击战争等工作。

1940 年桂南会战期间，广西学生军在南宁莫陈村前线被日军攻击殉难，生前在竹林中一竹竿上刻上类似遗嘱的壮烈豪语："终有一天将我们的青天白日旗飘扬在富士山头！"日军崇敬烈士壮志，并且深受他们的豪气与爱国精神感动，于是将竹竿锯下带回日本，设案供奉。

26 年后，1966 年 2 月间，前日军宫崎宫司及田村克喜 2 人参加日本神道国际友好代表团，才将竹林遗书原物送还。

⊕ 许国璋遗书

许国璋，字宪廷，成都人。少年时聪颖好学，熟读史书。1917年参加护法运动，弃文从武。1943年11月，在参加常德会战时拔枪殉国。牺牲前给十三岁的儿子许应康信云：

"应康吾儿：年来家事艰难，余固知之，但军旅事忙，实无瞬顾及也，余连年毫无积蓄，汝子学费，概由家中负担。近来倭寇又来大逞蛮威，向我阵地猛扑，我师正待命反攻中。余曾告各级官兵，大家吃国家一份粮钱，非拼命杀敌，争取胜利不可，话毕见官兵非常兴奋。余甚欢喜……纵赴汤蹈火，更不容辞，如此次上阵，万一不孝，汝勿以余为念也。汝务遵母训，努力读书，继续余志，至要至要。父　宪廷　十一月八日　于玉泉铺"

⊕ 弹尽，援绝，人无，城已破

湖南常德保卫战中，国民党74军57师的8000名官兵阻击10万日军15天之久，最后只有200人能够战斗。师长发出了74军57师最后一封电报：弹尽，援绝，人无，城已破。职率副师长、师附、政治部主任、参谋部主任死守中央银行，各团长划分区域，扼守一屋，作最后抵抗，誓死为止，并祝胜利。74军万岁！

⊕ 死的剩一个，也是主力

日军用毒气攻下高安城，师长王耀武望着满地的国军尸体嚎啕大哭，俞济时命58师接替51师，王耀武吼道：我51师就算死的剩一个，也是主力，谁也不让替！夕阳下，600名士兵面前每人一碗酒，50块大洋。酒喝掉，他们走了，没拿一分钱。一夜激战，当攻下高安城时仅剩28人，却留下572个英魂。

⊕ 淞沪战场上的无名勇士

日军《步兵第三十四联队史》记载，在一次战斗后，阵地上的中国守军几乎伤亡殆尽。打扫战场时，发现一个奄奄一息的中国士兵。日军很快就把他团团围住，并命令投降。面对数十倍的日军，该士兵宁死不降，直接掏出手榴弹并将其引爆自杀。

⊕ 日寇"苦难的战役"

1944年，国军第10军在衡阳孤军抗击日寇47天，使日军付出了最为惨重的代价。日本战史承认，此役"牺牲之大，令人惊骇"，是"苦难的战役"。"衡阳保卫战"被称为中国的斯大林格勒保卫战的城市争夺战。

⊕ 蒋介石请求苏联空军帮助中国抗日

1937年8月底,蒋介石与苏联驻华大使鲍格莫洛夫进行了一次长谈,蒋表示国民政府决不对日妥协,要求苏方"允许苏联飞行员以志愿者身份加入中国军队",同时请苏联派遣人员帮助训练中国空军,苏联政府表示同意。蒋介石在致斯大林的密电再次提及空军援助事宜:"尤其飞机一项,实迫不及待,中国现只存轻轰炸机不足十架,需要之急,无可与比,请先将所商允之轰炸机与发动机尽先借给,速运来华。"斯大林很快答应了蒋介石的请求,1937年9月开始运送第一批飞机来中国,随后又选拔大批飞行员和航空地勤人员,以苏联空军志愿队的名义来华。据陈纳德回忆:"当那些驻华的美国外交官正忙于促使美国空军人员离开中国时,苏联的空军就到中国来了。他们派来四队战斗机,两队轰炸机,装备都很完全,准备抵抗日本。"

⊕ "飞将军"孙元良

台湾影星秦汉的父亲孙元良,曾是国民党上将,但杜聿明说他,"根本不会带兵,是个逃跑速度极快的'飞将军'",陈赓说:"贪生怕死是他的风格,此人不配做军人",黄维更不留情面地指他,"从不钻研战术,有时间就去嫖妓"。

淞沪保卫战时,孙元良侵吞工事费用和劳军物资,甚至还出入风月场所,强奸学生慰问团的女学生。

1937年12月南京保卫战,他担任88师师长,居然私自下令撤退，被 36 师宋希濂以机枪逼迫重返战场。城破兵溃时，他化装躲进妓院。战后，廖耀湘等上呈报告要求查办，被撤职投监，关押 42 天。

⊕ 抗战中的文化惨剧

1932 年日军轰炸上海，商务印书馆总厂全毁，东方图书馆几十万书籍片纸无存，焚书的纸灰在空中飘浮。这是自火烧圆明园以后，最重的文化惨剧。一位日军司令说："烧毁闸北几条街，一年半年就可以恢复。只有把商务印书馆这个中国最重要的文化机构焚毁了，它则永远不能恢复。"

⊕ 应为江南添壮气，湖南新到女儿兵

1937 年 9 月淞沪抗战爆发后，以《女兵自传》蜚声文坛的谢冰莹在长沙组织战地妇女服务团，穿上军装，冒着炮火，活跃于前线。何香凝闻讯写诗一首赠谢冰莹："征衣穿上到军中，巾帼英雄武士风。锦绣江山遭惨祸，深闺娘子去从戎。"柳亚子也写诗一首赠她："三载不相亲，意气还如旧。歼敌早归来，痛饮黄龙酒。"10 月间田汉与她相晤时，写有口占七绝《赠冰莹》："谢家才调信纵横，惯向枪林策杖行。应为江南添壮气，湖南新到女儿兵。"

⊕ 打仗不分前后

张治中准备赴淞沪抗日战场,他的四弟张文心也将前往。张文心七岁时即由大嫂洪希厚带大,洪希厚对丈夫说:"开战时,让文心留在你的身边,好吗?"对于妻子的这一请求,张治中说:"我知道你的意思,但仗一打起来,是不分前后的。这次去上海,我已有了死的准备,作为一名军人,文心也应当如此。"

⊕ 卢沟桥抗战 29 军整连仅 4 人生还

1937 年 7 月 7 日,驻守宛平城的国军第 29 军 219 团 3 营营长金振中曾回忆,晚上十时许,忽然听到日军演习营响起了一阵枪声。

枪声过后,日军行进到宛平城门下,要求入城。理由是寻找刚点名时不见的一位日本士兵,遭到 29 军拒绝。

双方僵持到 7 月 8 日凌晨两三点钟。这个过程中,时任 29 军副军长、北平市长的秦德纯不断地接到 219 团团长吉星文的电话:"日军态度变强硬了,说不开门入城,就开打!"

秦德纯的回应是:"保卫国土是军人的职责,打就打!"

29 军将士死守阵地,驻守卢沟桥北面的一个连,仅余 4 人生还,余者全部以身殉国。

烈火白刃

1937年12月10日，南京保卫战激战正酣。日军第16师团在师团长中岛今朝吾的率领下猛攻由我教导总队第3旅把守的紫金山。日军见进攻无效，决定使用燃烧弹，大量燃烧弹被投向教导总队的阵地，于是紫金山在干燥晴朗的冬天燃烧起来。

日军战史记载："激战中，一名中国士兵身上虽然着了火，被十余名我军包围。但是这个士兵拼死反击，直到打光了所有子弹，然后与我军肉搏战死。"惨烈战斗一直进行到10日夜，教导总队虽然大量官兵葬身于烈火之中，但是紫金山第二峰还是牢牢掌握在中国军人手中。

教导总队第3旅的官兵们在唐生智下达撤退令后毅然坚守阵地超过18个小时。

最后一口气，最后一枪

1937年淞沪会战后，日军直逼南京。

11月25日凌晨2时，日军进攻到湖州城外一座13层高的宝塔附近，守塔将士在塔顶架起机枪扫射。日军第1大队第1中队长水野角一大尉率领一个中队冲入塔内和守军展开了激烈的白刃战，勇猛的中国士兵挥舞大刀，砍死砍伤了不少日军。

虽然中国军人英勇奋战，但终究寡不敌众，守塔官兵全体殉国。就在水野角一大尉以为杀死了所有中国军人，准备洋洋得意地宣布胜利的时候，之前被日军刺刀洞穿，只剩下一口气的一位守军军官用最后一点力气掏出了手枪，对着狂喜的日军大尉后背开了一枪。骄狂的水野角一大尉应声而倒，而那位军官也因为流血过多，最终和这个日军大尉一起死在了这座塔里。

⊕ "飞虎队"名称由来

日本人作为海洋民族将鲨鱼视为不祥之物，因此，美国援华航空队在 P-40 战斗机前画上了鲨鱼头，从心理上威慑日军。1941 年 12 月，美国航空队在昆明上空的第一次作战大获全胜，但中国内地居民从未见过鲨鱼，误将这些飞机称作"飞老虎"，美国飞行员们觉得这个名字很好，遂将航空队命名为飞虎队！

⊕ 凤凰城全城挂白幡

1937 年 11 月，日军进攻嘉善地区。驻守的 128 师以凤凰苗族子弟居多，惯以贴身肉搏砍杀敌兵，多次杀退日军冲锋。敌军恼羞成怒，对我阵地施行密集炮火猛烈轰击，不足两平方公里的阵地随即一片焦土。我军坚守阵地 7 天，伤亡惨重。此战之后，128 师官兵的家乡、湘西凤凰城全城挂白幡。

⊕ 芷江受降

1945年8月21日下午，一架日军零式运输机在一队中国空军的P-51战斗机押送下载着日军代表到芷江，日本投降代表今井武夫一行乘坐插有白旗的吉普车绕场一周示众。然后，奉冈村宁次之命向中国军民投降，交出了日军在中国战区的兵力分布图，在记载着投降详细规定的备忘录上签字，史称"芷江受降"。

⊕ 三千妓女打败冯玉祥

1930年，蒋、冯、阎中原大战，一边是阎锡山、冯玉祥，一边是蒋介石。

在蒋介石的手下，有位专门撒钱的高手，大名叫作何成浚，此公日本士官学校毕业，位列上将，却没有带过一兵一卒的经历，而专干穿针引线、凿墙洞、挖墙脚的活计。中原大战的西线，蒋介石把何成浚派了过去当总指挥。何成浚从汉口调来一长列"花车"，停在战线己方一侧，花车里不仅有美酒佳肴，云烟云土，而且还有三千妓女，几乎把整个汉口有点模样的网罗一空。不仅自己这一方的军官自然可以进去享受，而且还十分欢迎对方的排以上军官过来享受一番，吃喝嫖赌之余，还可以带一摞袁大头走路。

就这样，在中原大战的西线战场，留声机里毛毛雨的靡靡之音，盖过了枪炮的隆隆之声。冯玉祥亲率主力在东线苦战之际，西线已经到了全线瓦解的边缘。大战结束后，几乎丢光了老本的冯玉祥在日记里写道，他的西北军哪儿都好，就是一见不得钱，二见不得女人。

⊕ 高志航白金戒指为国防献金

淞沪会战的8月15日晨，在"八·一四空战"中，中国击落首架日机的高志航，奉命奋起迎战，又击落日长机一架，后左臂中弹返回机场。杭州各界得知后，纷纷前往广慈医院慰问，蒋介石特汇来一万元大洋，并专电褒奖，责令送相对安全的汉口治疗。病床上的高志航把自己的白金戒指交给《东南日报》记者作为国防献金，呼吁"举国同胞踊跃解囊，用以购机救国"。

⊕ 七名女特工跳崖牺牲

1942年5月，孙立人部新38师退往印度，在印缅边境的当坡时，电台突遭日军的伏击。战斗十分短促，转瞬间卫兵全部牺牲，剩下的七名军统女译电员被敌人追到一个山坡上。看到突围无望，七名女特工砸毁电台，宁死不屈，跳下山崖，全部壮烈牺牲。

⊕ 金振中怒毙日军代表

被何基沣将军称赞为"真正抗日的中华民族英雄"的金

振中，是29军37师110旅219团三营营长，在1937年7月，是保卫卢沟桥的直接指挥官。

据金振中回忆，7月7日当晚，战斗激烈，次日，双方进行了曲折复杂的谈判。日军缨井德太郎等四人，捏造事实，愚弄我方。金振中勃然大怒，厉声喝道，先把你这四个日寇头砍下来，纪念我方死伤的官兵！接着，果真枪毙了一个日寇。缨井德太郎见状，一把拧住金振中右胳膊，松井拧住金振中左胳膊，辅佐寺平拧住背后衣下襟，金振中命随从兵把这三个谈判日寇制服，将他们背手捆缚起来，连成一串，随押到城和桥上，给日寇看看个他们自己的丑态。

⊕ 日本鬼子吃人肉

据日军第6师团野战炮兵第6联队分队长中川日记记载，在石家庄作战时，一小队的人，竟然把战死的中国人大腿上的肉割下来吃掉。其中几个鬼子竟然说：肉真好吃！真是丧尽天良！

⊕ 长沙会战中单兵殊死抵抗

长沙会战中，国军52军和日军主力恶斗6天，敌猛攻新墙之线正面未逞，改以重兵连续攻击草鞋岭，方昌桂排为担负该山头防守部队之一。该排已坚守阵地5天5夜，次日，另部营长发觉一角枪声稀落，遂派人查看，到现场才发现方昌桂全排已殉国，仅余一新兵任连子仍与鬼子殊死战斗。

⊕ 父子抗日殉国

国军山东第六区少将司令范筑先云："守土有责、裂眦北视、决不南渡、肝脑涂地、亦所不惜。"其次子范树民在与日寇作战中殉国。他说："民儿为国家民族战死疆场，是死得其所。"1938年11月14日，日军进攻聊城，范筑先率部抗击，700余名将士大部战死。将军宁死不当俘虏，随即举枪自戕，壮烈殉国。

⊕ 回眸时看小於菟

1937年10月，太原会战爆发，时任五十四师中将师长的刘家麒，率部开赴忻口前线。部队途经将军家门前时，他在门口只看了女儿一眼，就转身上路。忻口一战，将军不幸身中数弹壮烈殉国。

⊕ 中国空军的"人道远征"

1938年5月19日至20日，中国飞行员徐焕升、佟彦博、苏光辉、蒋绍禹、刘荣元、吴积冲、雷天春、陈光斗等八人，分两组，驾驶装有200多万张传单的两架马丁B-10型轰炸机，连续长途飞行16小时，飞越东海远征日本本土进行人道远征空袭，将传单全部投放在日本九州岛，对侵略中国的日本军国主义发出警告。中国空军的这一壮举，不仅使日本始料不及，世界各国亦为之震惊。

⊕ 抗战男士喋血七星岩

1944年11月，桂林保卫战近尾声，国军第391团千余伤兵退守桂林七星岩山洞。日军在飞机配合下强攻七星岩，激战两昼夜，国军官兵皆死战到底。见无法令这支残兵屈服，11月7日，日军将七星岩出口封死，施放毒气，国军832名官兵全部壮烈牺牲。抗战胜利后，开洞检视，所有战士躯体仍保持战斗状态

⊕ 冯玉祥治军苛严

冯玉祥带兵极其严格，部下稍有忤逆，轻则喝斥教训，重则罚跪面壁，乃至军法从事。据说有一次，吉鸿昌不知道做错了一件什么事，他当即打了个电话过来，命令："你给我跪下！"。

吉鸿昌没有办法，只好拿着电话机跪下。

老冯怕他做弊，竟然追问："你真的跪下了没有？"

当着一屋子的手下，吉鸿昌赶紧一本正经地向他报告："总司令，我真的跪下了。"

⊕ 徐州会战中的一出"空城计"

1938年徐州会战，刘汝明奉命率领68军留守徐州城，掩护第5战区主力转移。日军见中国军队大部已走，以为徐州城内空虚，于是企图围歼刘汝明部。刘汝明部佯作死守状，及见我各路大军撤尽，才根据蒋介石的命令，放弃徐州城，巧妙地跳出日军数十万大军的重围，安全转移。敌军不但没有击溃刘汝明部，甚至连一个上尉也没有捉到。日军的华中派遣军的13师团一路杀来，发现李宗仁唱了一出空城计，又令一心想争功的华北方面军大感挫折，日军付出伤亡了万余人的代价，得到了一座空城。

⊕ 刘汝明送子当空军殉国

抗战时，刘汝明的两个儿子在战场上背着高射机枪，奔跑着打日本飞机。后来刘汝明将长子刘铁山送往美国学习飞行技术。在海陆空三大军种中，空军被公认是最危险的军种，尤其是中国空军，基本都是有去无回。因此在当时的国民党高级将领中，送去学空军的寥寥无几。刘汝明却是特例，他以军长的身份，将在地面上打过仗的大儿子送去美国，不是镀金，而是学习飞行技术，报效国家。大儿子学成归国后服役于昆明机场，最后以身殉职。这事弄得与刘汝明素无私交的军政部长何应钦也感慨不已，亲自去电安慰，并对多人说过：高级将领只有两人送子弟学空军，刘汝明其一也。

⊕ 敢死队勇夺桥头堡

7月7日夜,日军向吉星文的219团阵地开炮轰击,并夺取了桥头堡。次日夜,吉星文亲自挑选出150名精干人员成立敢死队,编成5个组,每人带步枪1支,手榴弹2枚,大刀一把,准备出击。敢死队利用熟悉地形的优势,神出鬼没,在20分钟内,将几十名日本兵全部消灭,一举夺回了桥头堡。日军吃了亏,疯狂向中方阵地炮击,企图再次夺回桥头堡。由于216团的坚决抵抗,日军的阴谋未能得逞。

⊕ 廖仲恺保全关麟征左腿

1925年2月开始东征,关麟征军事生涯的第一仗就是进攻淡水。在迎击陈炯明的激战中,他的左膝盖骨受伤。

关麟征受伤后,被送到广州公立医院治疗,医生根据他的伤情,要把他的左腿锯掉,这对一个只有20多岁的青年军人来说,真是晴空霹雳。这时,适逢黄埔军校党代表廖仲恺来医院探望受伤官兵,他把自己的情况向党代表汇报,廖仲恺极力反对截肢,并与医生商量研究,要求精心治疗,这样才保住了左腿。以后每当他回忆往事时,对廖仲恺先生总是感激不已。

⊕ 抗战中石牌战役胡琏行孝托孤

石牌的战略地位,注定中日双方必将有一场你死我活的血战。大战在即,胡琏连夜修书五封。在给其父的家书中,胡琏动情地写道:"父亲大人:儿今奉令担任石牌要塞防守,孤军奋斗,前途莫测,然成功成仁之外,并无他途……有子能死国,大人情也足慰……恳大人依时加衣强饭,即所以超拔顽儿灵魂也……"

在写给妻儿的信中,胡琏写道:"我今奉命担任石牌要塞守备,原属本分,故我毫无牵挂……诸子长大成人,仍以当军人为父报仇,为国尽忠为宜……十余年戎马生涯,负你之处良多,今当诀别,感念至深……"

⊕ 张发奎一不浪杀人,二不念旧恶

张发奎是北伐名将,在汀泗桥、贺胜桥、武昌攻城之役,他身先士卒,勇往直前,荣获"铁军"之誉。在第四军当过政治部主任的麦朝枢在"政协文史资料"中撰写《我所了解的张发奎》一文,称"张氏有其他军人所不及者二事,即一不浪杀人,二不念旧恶。前者指独操生杀之权,而从不以私意杀人,故能得部属之信任,第四军解体后,其精神永远存在;后者系指他对朋友及部属之过失,说说骂骂便了,而从不存心算账,故部属都具安全感,语曰:不念旧恶,怨是用希"。

⊕ 林徽因痛失三弟

1941年,日军利用恶劣天气,以诡异的云上飞行方式,奇袭中国空军成都双流基地，一个年仅23岁的中国飞行员不顾日机的轰炸扫射，冒死登机，起飞迎战，在跑道尽头未及拉起就被击中，壮烈殉国。这个中国飞行员叫做林恒，他的父亲叫林长民。他的叔叔叫林觉民。他姐姐是林徽因。

三年后，林徽因写就了凄婉的《哭三弟恒》：……小时我盼着你的幸福，战时你的安全，今天你没有儿女牵挂需要抚恤同安慰，而万千国人像已忘掉，你死是为了谁！

⊕ 愈炸愈强

1939年5月4日，日军对中国战时首都重庆进行地毯式轰炸，每隔4秒就有炸弹投下，成为战争史上死伤首次超过5000人的空中大屠杀！

从1938年2月18日至1943年8月23日，长达5年半的战略轰炸中，日本对重庆进行轰炸218次，出动9000多架次的飞机，投弹11500枚以上，致使16376人遇难。面对重大灾难，有重庆市民在残垣写下："愈炸愈强"！

⊕ 来生再见

1939年9月长沙会战时，22日黄昏，守备比加山的史恩华营已伤亡过半，敌我双方已杀红了眼。195师师长覃异之打电话给史恩华，希望史恩华能和主力一道行动。覃异之命令史恩华说："如无法支持，不得已时可向东靠，撤过新墙河。"史恩华回答："军人没有不得已的时候。我已被团团围困，看来不好撤了，决心与敌人拼到底。师长，来生再见！"史恩华率部在飞机、大炮轮番轰炸之下，又激战五昼夜，全营阵亡，史恩华亦战死殉国。

⊕ 女兵微笑无惧色

1938年日本《支那事变画报》临时增刊第16辑上刊登了女兵成本华的照片，照片上，身材瘦小的成本华一身战斗装束，齐耳的短发有些凌乱，宽大的皮带扣在胯上，裤子上还印着绑腿留下的痕迹。面对日军，她双手交叉放在胸前，昂然挺立，显得无所畏惧，嘴角挂着一丝淡淡的笑。据图下的日文注释："昭和13年4月，在中国战场上俘获的中国军队女战士成本华，24岁，对于我军的刑讯，她始终面露微笑毫无惧色，将自己的青春献给了国家。""这名抗日顽固分子没有吐露丝毫军事机密。"

1938年4月23日，日军第六师团坂井支队从芜湖出发，连陷和县、含山、巢县。成本华4月24日牺牲于和县。

⊕ 抗日第一大捷之东北镜泊湖之战

1932年10月14日，上海《申报》报道《救国军王德林部镜泊湖、老爷岭之战》。该文称，日军千余人在镜泊湖被抗日救国军王德林部包围，因弹尽粮绝，经五日战斗，日军被救国军全歼。文中没有救国军的伤亡数字，但用了"苦战两昼夜，日军伤亡达三百余人"的描述。

⊕ "铝谷"

1946年，战争的硝烟散去不久，美国《时代》杂志第一期登载了一篇回忆驼峰空运的文章："战争结束，在长520英里、宽50英里的航线上，飞机的残骸七零八落地散布在陡峭的山崖上，被人们称之为'铝谷'。在晴朗的天气中，飞行员可以把这些闪闪发光的铝片当作航行的地标。"整个二战期间，美国损失在驼峰航线上的战机就达468架，牺牲飞行员1579人。

⊕ 壮志凌云

美籍华裔陈瑞钿，"九·一八"事变后归国效力。1937~1939年，他共击落敌机8架。在空战中，他的座机曾三度被敌机击落，但都跳伞幸运生还。最后一次被击中时，由于油箱起火，这位空军中著名的混血儿帅哥被大面积烧伤后毁容，送往美国医治。伤愈，仍旧回国参加艰险的"驼峰飞行"，至抗战胜利。

⊕ 蔡锷：内战乃国民之不祥

蔡锷入滇，发起西南之役。此役将是蔡锷一生事业的顶点，可他认为战争尤其是内战乃国民之不祥，而且是大不幸，从来不敢居功，总以忏悔说道："锷不幸乃躬与其事"。

举义时，他向滇军将士泣血致辞："袁势方盛，吾人以一隅而抗全局，明知无望，然与其屈膝而生，毋宁断头而死。此次举义，所争者非胜利，乃中华民国四万万众之人格也。"

⊕ 新四军抗日的第一枪

1938年5月，日军侵占安徽巢县后，经常进行大扫荡，民众苦不堪言。更可恨的是，驻巢县日军三天两头地在附近地区进行骚扰，害得老百姓有路不敢走，有家不敢回，有田不敢种。

刚刚到达此地的新四军第四支队九团了解这一情况后，决定在蒋家河口伏击骚扰之敌。12日上午8时许，20余名日军在蒋家河口下了船，向岸边走来，丝毫没有戒备之心，进入我军埋伏圈。

参谋郭思进扣动扳机，只听"砰"的一声，第一个鬼子应声倒地。正是这一枪，打响了新四军抗日的第一枪！第一枪打响后的20多分钟里，日军被我全歼，而我无一伤亡。

⊕ 国民党溃退大陆

1949年12月10日，蒋介石离开大陆前一刻，紧急召见胡宗南，要求他的部队稳住西昌局势。当时胡的第一军只剩下不到一千人。当年胡宗南的学生徐枕回忆起其时窘况时唏嘘不已："……非常痛苦，没有补给，没有薪饷。没有弹没有粮，就这样死守了西昌三个多月。"

未几，胡宗南又接到一份蒋介石从台湾发来的电报，要第一军转进海南岛三亚。但胡始终不肯让飞机来接他。1950年3月25日，在众人苦劝下，胡宗南搭上最后一架国民政府派来的飞机离开大陆。他的离去，也宣告了国民党在大陆的部队全线崩溃。

⊕ 萧山农妇　毁家守土

1940年5月20日有报纸刊"中央社"讯：妇女的好榜样，沈佩兰毁家歼敌。说是浙江萧山农妇沈佩兰，"在枪林弹雨中，往返奔走，引导我军兜歼敌寇，复不惜牺牲自己住宅，报告我军纵火焚烧贼寇。该妇家属老幼十九人，现均流离失所……"，报道称，浙江省主席"以其毁家守土，导军杀敌，大义凛然"，"电请中央优予褒奖"。

⊕ 四行仓库升国旗

在四行仓库内指挥作战的杨瑞符营长在四行仓库战斗后谈及杨惠敏献旗的经过：

十月廿八日夜12点钟了，献送国旗之女童子军杨惠敏小姐来，当派员很敬重地将国旗接过来，可是没有旗杆，又派传令班长和营部见习官，设法找旗杆索子，准备天亮升旗。

10月29日（星期五）。晨六时许，我派见习官率传令兵、号兵数人，将昨夜杨惠敏小姐所献送的国旗，在敬礼的号音中，高升在四行仓库的顶上。

后有报纸报道，许多上海市民都隔着苏州河观战，"凡行经该地者，纷纷脱帽鞠躬，向国旗及忠勇将士致敬。"

⊕ 谢晋元护守国旗

坚守上海四行仓库的谢晋元团长接蒋介石"珍重退入租界，继续为国努力"的手令后，进入英租界。每日清晨，他带领孤军唱国歌，举行精神升旗仪式，出操上课，教部属勿忘爱国军人的人格和国格。1938年8月11日晨，为纪念"八一三"抗战一周年，率部升起国旗。当天下午遭到万国商团外籍军队包围冲击营房，夺去了国旗。他指挥壮士展开搏斗，4名壮士牺牲，100余人负伤。孤军被送往外滩中央银行大楼幽禁。他下令开展绝食斗争。工部局被迫让步，将他们送回孤军营，奉还国旗，抚恤死难壮士，并对此事件表示歉意。

⊕ 长沙发生"文夕大火"

1938年11月13日，长沙发生"文夕大火"。当日，日军占领岳阳后，距离岳阳尚有130多公里的长沙，在仓惶之中，凌晨2时，城内数百处同时放火，使全城成为一片火海。长沙大火焚烧了2天，全城被焚十分之九，烧毁房屋5万余栋，烧死百姓30 000余人。

文夕大火毁灭了长沙城自春秋战国以来的文化积累，地面文物毁灭到几近于零。长沙作为中国为数不多的2000多年城址不变的古城，文化传承也在此中断。也让长沙与斯大林格勒、广岛和长崎一起成为第二次世界大战中毁坏最严重的城市。

因12日所发的电报代码是"文"，大火发生在夜里（即夕）故称为"文夕大火"。

⊕ 为国家民族死之决心，决不半点改变

1940年5月，在枣宜会战前线，张自忠将军写给部下、第33集团军副总司令冯治安的亲笔信云："看最近之情况，敌人或要再来碰一下钉子。只要敌来犯，兄即到河东与弟等共同去牺牲。国家到了如此地步，除我等为其死，毫无其他办法。更相信，只要我等能本此决心，我们国家及我五千年历史之民族，决不至亡于区区三岛倭奴之手。为国家民族死之决心，海不清，石不烂，决不半点改变。"

⊕ 为国战死，事极光荣

1942年，戴安澜率领中国远征军的先头部队开赴缅甸，紧急支援英军盟友，抗击日本。他和全师将士孤军奋战、坚守同古城。在危急关头，他给夫人留下遗书，说"亲爱的荷馨，余此次奉命固守同古，因上面大计未定，与后方联络过远，敌人行动又快，现在孤军奋斗，决以全部牺牲以报国家养育，为国战死，事极光荣。"他对全体将士下达了这样的命令："本师长立遗嘱在先，如果师长战死，以副师长代之；

副师长战死，参谋长代之；团长战死，营长代之。以此类推，各级皆然"。

⊕ "辣椒炮弹"打鬼子

1940年9月，百团大战的第二阶段，时任八路军总部炮兵团迫击炮兵主任的赵章成指挥13团迫击炮连攻打管头据点。该据点周围有四个混凝土碉堡，我军的枪和迫击炮奈何不了它，只能智取。很快，有人提出了用辣椒熏逼日军的办法。赵章成带着几位炮手一起卸下引信，倒出弹体内的炸药。先装辣椒面，最后再把炸药装上，把引信再拧上。午后3时，20发辣椒炸弹全数打出，日军被熏得鼠窜，突击队没用10分钟就解决了战斗。

⊕ 男儿欲报国恩重，死到疆场是善终

1944年5月，日军进攻豫中地区。第36集团军总司令李家钰以诗赠予部下：男儿欲报国恩重，死到疆场是善终。21日在陕县遭到日军的围攻，李家钰以身殉国。这是八年抗战中第二位殉国的集团军司令官。其部下为给将军复仇，披麻戴孝与日军血战。

艺苑檀板

⊕ "香港四大才子"黄霑

黄湛森，1941年3月16日生于广州；1949年举家迁居香港；香港大学中文系毕业后在媒体任职。黄湛森风流倜傥：中学时结识美女华娃，苦恋7年后与其结婚生子；后又移情别恋美女作家林燕妮，并在金庸见证下结婚，轰轰烈烈过后分手告终；晚年又和小17岁的助理陈惠敏结婚。黄湛森就是"香港四大才子"之一的黄霑。

⊕ 齐白石的"坐画"

1936年，很多贫困孩子拜齐白石为师，齐便卖画贴补学生。齐找来俩调皮孩子脱去裤子，在屁股抹上墨，在宣纸上坐一下，就印出两墨团，一口气能坐20张，齐便笑眯眯地提上笔，加上几枝斜茎和荷花，再在墨团勾上筋络，题上诗词，晾干盖上印章，便让学生去卖，学生称之"坐画"，拿上市便被抢购一空。

⊕ 殷勤磨就墨三升

1920年的秋天一天,梅兰芳邀齐白石到家里来闲谈。白石先生一见面就说:"听说你近来习画很用功,我看见你画的佛像,比以前进步了。"梅兰芳说:"我是笨人,虽然有许多好老师,还是画不好。今天要请您画给我看,我要学您下笔的方法,我来替您磨墨。"白石先生笑着说:"我给你画草虫,你回头唱一段给我听就成了。"

这时候,白石先生坐在画案正面的座位上,梅兰芳坐在他的对面,手里磨墨,口里和他谈话。等到磨墨已浓,梅兰芳找出一张旧纸,裁成几开册页,铺在他面前,他眼睛对着白纸沉思了一下,从笔海内挑出两支画笔,在笔洗里轻轻一涮,蘸上墨,就开始画草虫。他的小虫画得那样细致生动,仿佛蠕蠕地要爬出纸外的样子。但是,他下笔准确的程度是惊人的,速度也是惊人的。他作画还有一点特殊的是"惜墨如金"。画了半日,笔洗里的水,始终是清的。

等到琴师来了,梅兰芳就唱了一段《刺汤》。

第二天,白石先生寄来两首诗送给梅兰芳:

飞尘十丈暗燕京,缀玉轩中气独清。难得善才看作画,殷勤磨就墨三升。

西风飕飕袅荒烟,正是京华秋暮天,今日相逢闻此曲,他年君是李龟年。

齐白石以真画换假画

梅兰芳有个朋友,花二百两银子买到一幅署名"齐白石"的《春耕图》,高兴得不得了,认为人和牛都栩栩如生,真是传神。

某日,梅兰芳碰到齐白石,谈话中提起了这件事。齐白石感到好奇,想弄清楚那是自己何时画的,就托梅兰芳把画借来,但一眼就看出是伪造的。

于是,他对梅兰芳表示,不能让那位朋友吃亏,便把假画买回,另画一幅《春耕图》还给对方。这回可是货真价实的齐白石作品了。

梅兰芳不吃油腻

梅兰芳每天必喝的是鸳鸯鸡粥,为了保护肺和嗓子,且因喜欢清淡,梅兰芳养成了"三不吃"的饮食习惯:不喝酒,不吃动物内脏,不吃红烧肉之类的油腻东西。

黄永玉画鱼买鸡

香港一家店名叫"美利坚"的童子鸡做得很出名,黄永玉约金庸、梁羽生等朋友经常去。有一次吃鸡吃到一半,大家发现口袋里都没有钱,很是尴尬。这时,黄永玉对着饭店里的热带鱼画了一张速写,用手指头蘸着酱油抹在画上,算是着色。画完后，金庸给在《星岛日报》工作的叶灵凤打了一个电话。没过多久，叶灵凤笑眯眯地来了，黄永玉交上画，叶灵凤预付稿费付清了饭钱，大家尽欢而散。

⊕ 谭鑫培奉旨吸烟

谭鑫培是个唱念做打俱佳的大师，抽大烟也堪称"大师"。《清朝秘史》讲到，端阳佳节，太后高兴，赐宴颐和园，命人召谭鑫培等一班名角入宫唱戏，一时杨小楼等名角都到了，只有谭鑫培未到。肃亲王善耆亲自前往谭府探究原因，谭鑫培道出苦衷："现在明诏禁烟，王爷们都在戒烟，我是有瘾的人，不吸足乌烟，不能够唱戏。"善耆回奏太后，太后笑道："我当是什么？原来不过为了吸烟的事，那又碍什么，叫他尽管入宫抽吸就是了，只要他戏唱得好，我还派两个太监替他装烟呢！"善耆告知谭鑫培，谭老板大喜过望。从此后烟禁虽严，谭鑫培奉旨吸烟，再没有人敢来查禁了。

⊕ 傅抱石出麻疹看字典

傅抱石小时候出麻疹，父亲怕他用手乱抓，以致破相。这时出嫁的姐姐回来，姐夫问他想要什么才能不抓脸，他说要一本《康熙字典》，姐夫就去买了一本。他把这本《康熙字典》一直抱着，一动不动，终于熬了过来。脸长得还是很清秀的，梅兰芳后来曾经开玩笑地对傅抱石说：你演花旦一定很好看。

⊕ 旧上海评选电影皇后

1933年元旦,《明星日报》在上海创刊,为了招徕读者,扩大销路,报社发起了评选"电影皇后"的读者参与活动。这果然是一个金点子,影迷投票十分踊跃,短短两个月内,即收到数万张选票。2月28日,《明星日报》邀请社会各界名流举行揭晓仪式,结果,明星公司的胡蝶以超过两万票的人气指数名列第一,荣登"电影皇后"的宝座,天一公司的陈玉梅和联华公司的阮玲玉分列第二和第三位。

⊕ 徐悲鸿感情史复杂

徐悲鸿的感情史很复杂。其中不得不说的就是一段私奔史,对象是大家小姐蒋碧薇。蒋碧薇是个大家闺秀,她认识徐悲鸿的时候她已经订了婚,但是当时才18岁的蒋碧薇崇拜而且爱上了徐悲鸿,为此不惜做出一件惊世骇俗的事情:和徐悲鸿私奔。蒋碧薇为了徐悲鸿,抛下了原本锦衣玉食的生活,和徐悲鸿背井离乡,过着最为颠沛流离的生活,不离不弃了二十多年。但是这段爱情的结局并不美好,徐悲鸿在声名鹊起,事业如日中天的时候,却出轨了,为了个比他小十几岁的女学生孙韵君,不惜伤害蒋碧薇,登报申明与蒋碧薇已经解除非法同居的关系。而蒋碧薇也始终坚强,面对爱情的背叛也做出了自己的选择。

⊕ 商承祚评徐悲鸿画

书法家商承祚曾应徐悲鸿所求评论其画作。商承祚取四张徐悲鸿画作进行评论：一张称"吊死鬼的美人"，说徐画人颈过长；二张称"三条腿的马"，说徐画马总有一条腿出问题；三张称"狐狸尾的猫"，说徐画猫尾下垂，用笔过于夸张；四张称"甘蔗的竹子"，说徐画中的竹子表现得犹如甘蔗。

⊕ 毛、郭改诗为白石题画

1953年，齐白石为毛泽东镌刻了"毛泽东"朱、白两方寿山石印章，用宣纸包好，请中央美术学院转呈毛泽东。

毛泽东收到后，在中南海宴请答谢，邀郭沫若作陪。席间，毛向齐白石敬酒，感谢白石老人赠印、赠画。白石甚感诧异："我何时为主席作过画？"毛泽东笑着让秘书把画挂起来请画家亲自验证。

白石一看恍然大悟，原来是给毛包印盒时，用的一张废画，毛泽东把它装裱了。便说："我把画带回去，重画一幅送来！"毛却说："大可不必，我喜欢的就是这一幅！"白石见状，便说："既然拙画还有点意思，就请二位在卷首赏赐几个字。"二人欣然同意。毛略思忖，挥笔写下"丹青意造本无法"。郭沫若一看，这是借用苏东坡的句子"我书意造本无法"，非常精当，郭也思维敏捷，接着写道："画圣胸中常有诗"。这是借用陆游的"此老胸中常有诗"，也是改了前两字，与上句巧妙成联。

⊕ "万石稿"

齐白石作画，一张草稿要修改多次，达到形象准确后才开始作画。同时，他在作画过程中，还会随画随改，以求尽美。齐白石说过："古人说，行万里路，读万卷书，我看还要有'万石稿'才行。"他的学生娄师白回忆说：我从齐老画画的重复或改动中记忆他的构图。

⊕ 马连良收粤剧名伶为徒

1948年12月，马连良和俞振飞、张君秋在香港连演5天，场场爆满。在此期间，马连良热衷于跟香港的粤剧马师曾、红线女、芳艳芬名人交流艺术。

特别值得一提是，马连良还曾收粤剧演员新马师曾（原名邓永祥，当地称新马仔）为徒。

新马师曾特别欣赏马连良演的宋江，马连良就演出《坐楼杀惜》，让新马师曾观摩、借鉴。

马连良也曾要求新马师曾演出一场粤剧的《审死官》，以便自己比较与同类的京剧《宋士杰》有什么不同。马连良与他曾合拍一张《借东风》的剧照留念，马连良演诸葛亮，新马师曾扮赵云。由此照片可揣测，马连良与新马师曾极可能同台演出过。

⊕ 唤你爹爹前来

杨小楼京剧《青石山》时，老搭档有事告假，临时由他人代替。这人喝了点酒，上场时，竟忘记带胡子。杨小楼一看坏事。灵机一动，临时加了一句台词："呔！面前站的何人？"戏剧回答时，都要捋一捋胡子，这一捋，才知没戴！口中说道"×的儿子！"杨说："咳，要你无用，赶紧下去，唤你爹爹前来！"

⊕ 张国荣即张发宗

1950年9月12日，梅县客家人移民香港的"洋服大王"——张活海第9个孩子张国荣夭折，全家悲痛，1956年9月12日，张活海第10个孩子张发宗出生，他们认为这是张国荣转世来讨债，不受父母喜爱，满月后就送出家给女佣六姐抚养。家人对于死去张国荣的怀念，就把张发宗改名张国荣：真正的张国荣几十年前就死了。

⊕ 梅兰芳"随机应变"

梅兰芳赴朝鲜战线慰问演出《贵妃醉酒》，那天是露天舞台，又赶上有风。演到后半部，戏里有杨贵妃把高力士的帽子戴在自己凤冠上的情节，称为"冠（官）上加冠（官）"。梅先生刚把高的帽子戴在自己凤冠上，不想帽子竟被风吹掉在舞台上。

这时，如果演员心里慌乱，自己蹲下身去捡，或者不捡了，都必让观众知道出了失误，还会引起哄笑。梅先生没有慌乱，继续做出醉态，向扮高力士的萧长华先生一指，然后再向舞台上的帽子一指，示意他把帽子捡起来，再由自己戴上。萧先生领会其意，把帽子捡起来，递在梅先生手里，随说："瞧您醉成这个样儿，留点儿神吧！"梅先生重新把帽子戴上，戏继续演下去。台下观众谁都没觉得这处是个失误，都认为梅先生在这儿加了戏，突出表现杨贵妃的醉态。

萧长华卖烤白薯

侯宝林的相声《改行》描述了京剧演员龚云甫、金少山被生活所迫而改行卖菜、卖西瓜的情景，虽然有艺术夸张，但并非没有生活依据。名丑萧长华与华乐园经理万子和就曾经改行卖过烤白薯。

彼时，在前门外大栅栏的东口，与隔街相对的鲜鱼口西口各有一个卖烤白薯的摊位，马路西侧是萧长华，马路东侧是万子和。外人看来尤如"打对台"一样。但这二位虽然都被生活所迫，却不是生意场上那种竞争对手，而是互相关心的朋友。萧长华是名丑，在梨园行内人缘又好，许多人都想借买烤白薯的机会和他聊聊。买的人一多，萧先生就说："你们别光买我的呀，到马路对过去，他烤的比我的好。"而万子和是一位由社会底层成长起来的京剧活动家，朋友熟人也不少，他一看自己摊上人多，就往对过引："你们看，对过是萧长华，快上他那儿去买，不买票能看名角，这多值呀！"

⊕ 梅葆玖入戏行

梅葆玖回忆起自己最初为何学唱戏时说，那是因为10岁生日时，学唱一曲《三娘教子》，大家一听，觉得他有父亲梅兰芳的感觉。父亲便指着一尊小木头雕像让他拜，说算是入门了。他却说："一个小木头人，让我拜什么？"父亲说："什么木头人？那是祖师爷，快拜！"就这样，他开始了自己的舞台生涯。

⊕ 昨儿小媳妇，今儿大爷们

葆玖先生在舞台上千娇百媚，生活中却阳刚十足。他说自己从小喜欢汽车，但父母一直不让他考驾本，怕他出事，待到父母都离世了，没人管了，他就在20世纪80年代去考了车本。考的是卡车本子，练车是在大兴郊区，因为天气很热，他就光着膀子练车。一位老太太看见了，认出他是梅葆玖，就问："昨儿还看见你在电视里演穆桂英呢，今儿怎么就光着膀子开车了？"他回答："啊，昨儿是小媳妇，今儿是大老爷们儿了！"

⊕ 程砚秋谦德可风

程砚秋先生在四大名旦中年龄最轻，成名很早，却能谦冲自收。1931年，长城唱片公司请四大名旦合录《四五花洞》三眼唱段，每人唱一句，最后齐唱"十三咳"。这张唱片在当时是加价出售的。

临到录音现场，困难来了。每人唱一句，有个次序先后的问题。梅、程一冠一亚，群众早有定评；而荀、尚则一时瑜亮。梅先生唱第一句，谁都无异议；照理程先生应唱第二句。这时荀先生提出："我嗓子不好，最好唱第三句，走低腔方便些。"看似谦退，实不甘居殿军之位。正在为难之际，程先生主动提出："我唱末一句。"问题于是解决，而程先生并未因此降低声誉，相反，倒更受人尊重。

⊕ 余叔岩让戏

被人称作"北方梨园三杰"之一的余叔岩，以《失印救火》《打棍出箱》《问樵闹府》《捉放宿店》以及《御碑亭》和《断臂说书》《卖马当锏》等代表剧目极一时之盛况，梨园行的同仁几乎"无不仰余"。当时，有位叫高聘卿的唱片公司负责人，约他灌制上述诸戏唱段，这无疑可以获得一大笔收入。而余叔岩却回信说："你们公司要我所灌各段，都是同业演员灌过的段子，我不准备去灌这些唱段，理由是怕影响同业唱片的销路。"经过多次磋商，余"坚持不与同业打对台"，最后公司只好尊重他的意见，灌制了《沙桥饯别》和《打严嵩》等几出冷门戏的段子。

⊕ 裘盛戎误场赏肉包

1932年秋,北京前门外鲜鱼口富商丁老太太大办六十寿辰,邀请"富连成"科班在鲜鱼口庆丰堂唱堂会。

当时戏班讲究"饱吹饿唱",只吃一顿午餐。当堂会戏演到"掌灯"时,裘盛戎感觉肚子饿得慌,他乘人不备溜出了庆丰堂大院,吃灌肠、卤煮火烧,填饱肚子。待他回到庆丰堂的门口,就被科班教师郝尧伦先生抓住,拽进了后台。怒容满面的郝尧伦手里拿着一根三尺多长的戒尺,要打下来的一刹那,一位老先生拉住了郝:"尧伦,您压压火,消消气,能不能让他先去勾脸、扮戏,有什么事等完了戏回去再说。"裘盛戎偷眼一瞧,原来是萧长华先生为自己求情。

萧先生的面子不能驳,郝尧伦总算暂时放过了裘盛戎。《刺王僚》开演后,裘盛戎扮演的姬僚上场,头一句念"大引子"先声夺人,得了一个满堂彩。丁老太太乐得合不拢嘴,《刺王僚》刚下来,老太太就让账房先生写了一张红条子送进后台。上边写着:"赏给小王僚肉丁包子一千五百个!"

⊕ 能为人时且为人

京剧名净金少山为人耿直,豪爽仗义。有两个破落太监,一个姓刘,一个姓陈,清朝灭亡后生活拮据,得知金三爷好客,便常到后台送宫中的"玩艺儿"。当时,一瓶二两重的洋鼻烟在古董铺不过七、八块钱,而这二位送来张嘴就是几十元,金三爷从不打价。有人看不过去,说:"三爷,

您这不是让人家拿大头吗？"金少山回答："不对，他们这些人都是

南府科班的童伶，那会儿我们老爷子进宫演戏时，人家沏茶倒水的伺候过。咱们只当是今天少卖了几十张票，而他们有这几十块钱就能生活一个多月，不用说他们来卖东西，就是借、伸手要，我能不给吗？做人要懂得'能为人时且为人'呀！"

⊕ 没有一句是通的

汪曾祺认为京剧文化是没有文化的文化，很多唱词都很"水"。他说，"《二进宫》李艳妃唱的是'李艳妃设早朝龙书案下'。张君秋收到一个小学生的信，说'张叔叔，您唱的李艳妃怎么会跑到书桌底下去设早朝呀？'君秋也觉得不通，曾嘱我把这一段改改。没法改，因为全剧唱词都是这样，几乎没有一句是通的。"

⊕ 毛泽东改戏词

有一次，毛泽东看谭富英、裘盛戎演出的《捉放曹》，其中陈宫有段唱，最后两句是："同心协力把业创，凌烟阁把美名标"，毛泽东看罢戏，问谭富英、裘盛戎：凌烟阁是唐太宗时候建立的，几百年前汉朝的陈宫怎么在凌烟阁上标名呢？谭、裘一时语塞。毛泽东笑道：没关系的，把最后一句改一下就好了。从此以后，谭富英、裘盛戎再演《捉放

曹》，就将最后一句改为：匡扶汉室美名扬。

⊕ 弟子三千皆白丁

张充和最喜欢的是昆曲、书法，诗画其次。从 1961 年至 1985 年，张充和在耶鲁大学美术学院教了二十四年书法，很受学生欢迎。1972 年尼克松访华，报书法的学生一下子爆满。张充和曾经戏称"弟子三千皆白丁"，是说来上书法课的学生都是白人。

⊕ 李苦禅出身贫寒

画家李苦禅他出身贫寒，拉过人力车，借住庙宇过活。后拜齐白石为师，同学见他困苦，赠"苦禅"二字。"苦"取自佛门四谛第一字，"禅"乃他擅长之大写意画，遂以苦禅为号。曾为许鳞庐母寿辰作《双鸡图》，齐白石题道："雪个先生无此超纵，白石老人无此肝胆。"

⊕ 傅聪听琴辨曲

傅聪 6 岁时，傅雷的好友雷垣弹钢琴让其听辨音名，没想到傅聪全都说对，雷垣震叹，因为一般孩子没有这种感觉。傅雷告诉老友，儿子平日闹腾，但一旦家中放唱片就安静下来。傅雷决定让儿子学钢琴。

⊕ 梅兰芳幼年长相普通

京剧世家出身的梅兰芳8岁时,家里给他请了一位戏曲老师。朱先生一看到梅的模样就泄气了:长相普通,眼皮下垂,眼睛没神。才教了几天就丢下一句"祖师爷不赏饭吃",走人了。想不到梅兰芳后来越来越漂亮,比高傲的谭鑫培更加招人喜了,许多妇女走进戏园子,成为"梅粉"。

⊕ 鲁迅和梅兰芳的恩怨

鲁迅和梅兰芳,一个文坛领袖,一个梨园泰斗,俩人关系却不和谐。眼看着男扮女,"民国第一辣笔"鲁迅不是滋味。他写文章嘲讽"中国最伟大的艺术是男人扮女人!""梅兰芳不是生是旦,不是皇家的供奉,是俗人的宠儿。"对梅兰芳的嘲讽近乎刻薄。

1933年初,英国著名戏剧家萧伯纳访华,上海文化界名人几乎倾巢而出,鲁迅与梅兰芳自然也在上海共同出席了欢迎聚会,虽然他们同桌吃饭,彼此也都知道对方身份,却形同路人,自始至终,一句话也没讲。

生性温和的梅兰芳,虽然没有发表反驳言论,但他的不高兴则是不言而喻的。所以,他不仅没有参加1936年10月鲁迅的葬礼,甚至在解放后举行的多次纪念鲁迅诞辰和忌辰的活动中,作为中国文联副主席的梅兰芳,也很少出席,而且从不讲话。

⊕ 演武松打虎怎么办

胡适评论道:"京剧太落伍,用一根鞭子就算是马,用两面旗子就算是车,应该用真车真马才对……。"黄侃听了,挺身反驳:"适之,适之,假若演武松打虎怎么办?"

⊕ 斯大林看京剧

1935年,梅兰芳赴苏联演出14场,获得无数掌声与鲜花。同样有"追星梦"的梅兰芳为没能看到斯大林而遗憾。回国前,他收到通知:加演一场。那晚,梅兰芳注意往包厢里偷看,努力寻找"浓眉大眼"的斯大林,最后是失望了。第二天,苏联人告诉他:"昨晚,斯大林来看戏了!"

⊕ 幸亏信没寄

傅雷赴法留学前与朱梅馥订亲,到法国后移情别恋上一位法国姑娘,并速求婚。为此事,傅雷给母亲写了一封信,但没勇气寄出,就委托刘海粟代寄。谁料,傅雷和法国姑娘恋爱数月后分手了,因而对给母亲的信愧疚不已,甚至萌生自杀念头。想不到,刘海粟说:"那封信我没寄出去!"

⊕ 白石戒烟

　　齐白石年轻时是个烟鬼。后来，他发誓戒烟，从口袋里取出制作精致的烟斗、烟盒，抛入溪流之中，并当场吟出一副戒烟对子："烟从水上去，诗自腹中来"。大师从此和香烟断绝了关系！

⊕ 相声得失

　　民国初最有名的相声演员是李德锡，他说过两次非常著名的相声，一次是暗指袁世凯说《吃元宵》，当时袁大头正征战全国，觉得"元宵"与"袁消"同音，下令封杀李德锡，踢出北平。另一次是"狗肉将军"张宗昌喜欢上了他，他在堂会上让张将军笑得合不拢嘴，李德锡从此又火了起来。

⊕ 成龙与邓丽君性情不合

　　有一次成龙与兄弟聊剧本，邓丽君来找他，然后就一直坐在角落，成龙也继续聊剧本。一个多小时后邓丽君站起来走了，不久成龙接到电话，邓丽君在电话中说："Jackie，我看你并不需要我，你就跟你的兄弟们在一起吧。"

⊕ 盖叫天原名张英杰

1901年，盖叫天在杭州天仙茶园搭班演戏。他唱老生，当时的老生是谭叫天（鑫培）的声誉最高，谭曾来杭出演于阳春茶园。盖叫天当年只有十四岁，年少好强，毅然不顾别人的指摘，取名"盖叫天"，在天仙茶园的门口，挂起了这块名牌。连演三天，竟一炮走红。

⊕ 盖叫天筑"寿坟"

京剧名武生盖叫天为自己筑了"寿坟"，请黄宾虹写了"学到老"三字刻成石碑。又为关良"专场演出"武松戏，请关良在现场速写三四百张，从中挑出一组满意的再精加工，定稿后，雇巧匠镌刻石板，筑入墓壁。

完工之日，盖叫天邀关良参观，二人相视而笑。

⊕ 琴师杨宝忠的规格

杨宝忠上台伴奏，享受十分特殊的待遇，那便是他总是在主角出场前，才抱着胡琴，从台上下场门出来，满场鼓掌欢迎，他弯腰答谢，然后才坐到乐队中去。早在他为马连良伴奏时，便是这个规矩。后来为杨宝森伴奏，也是这样。但解放后改了。全国享受如此崇高待遇的琴师，据说只有他一人。

⊕ 溥心畬食蟹 30 个

据《安持人物琐忆》作者陈巨来回忆，溥心畬食量之大令人惊讶，吃蟹 30 个还不饱，吃完油条之后不洗手，马上画画，往往油渍满纸。于是，陈巨来每次求画求书之前，都以脸盆、肥皂、手巾奉之，求溥心畬先洗手。溥心畬以为这是对他恭敬，每次都下作拱手以谢，说"不客气，不客气"，但其实陈巨来是怕他手上的油弄脏宣纸。

⊕ 张大千喜红烧肉

张大千口味重，偏爱麻辣和醇香，对食材要求极为苛刻，从不吃过夜菜，鱼也要鲜活。他一生四海为家、走遍世界，不管到哪里，每天的餐桌上必须有一碗肉，而且每隔两天一定要吃点红烧肉、冰糖肘子、东坡肉之类的大肥肉解馋。

⊕ 吴昌硕麻酥糖送命

吴昌硕非常爱吃，晚年的时候，如果有人请吃酒席，必请必到，到了必大吃不已，回家的时候一定胃痛。

1927 年，吴昌硕 84 岁。有人送他十包家乡的麻酥糖，子女们担心甜食对他身体不好，只给一包，剩余的藏起来。不料被他看到，半夜私自起床取食二包，梗在胃中，无法消化，遂至不起。

⊕ 施酒

吴昌硕29岁时，娶同乡姑娘施酒（字季仙）为妻，夫妻两人相敬如宾，恩爱一生。有一次先生大醉归家，夫人难过哭泣，先生即生悔过之心，却也不失幽默地说："谁叫你取名是个酒字呢？你的名字叫酒，我当然与酒分不开了。"妇人转哭为笑，和好如初。

⊕ "小底包"站错边

1948年谷鸿麟在天津搭班演戏。那晚是袁世海与李少春的全本《连环套》，"拜山"时，谷鸿麟扮演递帖子的小报子。上场念："镖客有手本拜见绿林人，镖客拜山禀帖呈上。"然后应该归小边侍立，可是谷鸿麟却在五锤锣里过到大边去了。袁先生一眼就看到了，他灵机一动，竟破例没在五锤锣里看手本，而在最后一击锣的前头一嗓子把谷鸿麟喝住："过来！"这一嗓子吓谷鸿麟一身冷汗，于是快步回归小边侍立，袁先生这才打开手本念："浙江绍兴黄……"

下场到后台，管事正说他，袁先生忙说："没事，我把他喊过来给他兜着啦。"转过头来又教训地说："记住，一台无二戏，撒汤漏水别撒台底下去。台上同场的演员谁也不敢说不出差错，错啦就互相兜着点。下次注意就行啦。"

⊕ 孙菊仙耄耋登台

1930 年，孙菊仙在上海大新舞台（今逸夫剧院）演出《四进士》，其时孙已耄耋，走路须有人扶，台上道白如平日讲话一般，更无表演身段，若见台下熟人，还不时打招呼。观众看戏，其实只是看人罢了。

⊕ 谭鑫培《洪洋洞》成绝唱

1917 年 4 月，广东督军陆荣廷到北京，军阀江朝宗要请他看戏，在一个叫那家花园的地方办堂会，指定要谭鑫培出演。谭老板那时年纪已长，又生着病，已卧床好几个月，很想辞谢那个堂会。不料惹了江朝宗，派一批警察到谭家，把谭老板从病床上拖到那家花园。那天演的是《洪洋洞》，讲杨六郎从重病到死亡的一段故事。谭老板与角色同病相怜，演到悲愤之处，眼泪真的流下来。堂会之后，谭老板回家，心力交瘁，不久就辞世而去，那年他 71 岁。

⊕ 中国第一部电影

1905 年是京剧的鼎盛时期，曾留学日本的青年任庆泰购买了一架法国制造的木壳手摇摄影机和若干胶片，利用他开设的丰泰照相馆，策划拍摄电影《定军山》，由任庆泰导演、刘仲伦摄影，谭鑫培在镜头前表演了自己最拿手的几个片断。这样,《定军山》成为中国电影的开山之作。

⊕ "艳星"沦为乞丐

1926年,上海《新世界》杂志举办电影皇后选举,当时的四位女明星被选为"四大名旦",其中之一是杨耐梅。

杨耐梅的父亲是广东商界巨擘,来沪创办颜料、地产等企业,扬名上海滩。父亲送杨耐梅进入教学严格的务本女中,本指望她专心学业,毕业后送她出洋深造,杨耐梅则自小养成倨傲奢华恣意任为的脾气,不愿读书,一心要做明星,拍《玉梨魂》《诱婚》等也红极一时,称为"艳星",但最后在香港街头沦为乞丐。有报纸说她虽以行乞为生,却风韵犹存,气质不凡。

⊕ 胡蝶要飞走了

电影皇后胡蝶祖籍广东鹤山,生于上海。胡蝶在1942年被军统局局长戴笠所控制,成为他的情妇,没能再拍电影。直到1946年戴笠因空难丧生,胡蝶才获得自由,迁居香港,重现电影辉煌。1975年移居加拿大,1989年4月23日,胡蝶在温哥华病逝,终年81岁。临终前最后一句话是:胡蝶要飞走了!

⊕ 未有情缘

20世纪20年代，已声名显赫的胡蝶在拍片现场，看到一个小学徒因差错被导演痛骂，她上前出言相劝，帮学徒解围。几十年后，胡蝶在香港偶遇一位朱先生，正是当年小学徒。再续前缘，朱先生对寡居的胡蝶多加照顾。因为朱先生已有太太在大陆，胡蝶不愿伤及他人，二人故未成婚。

⊕ 白杨幼年坎坷

著名演员白杨出身名门世家，却因父亲不善经营，家道中落。后因拖欠乳母工资，3岁的白杨被乳母当作人质带回农村，随人差遣。直至9岁，白杨哥哥才用卖地所得20块银元将她赎回。11岁时，因母亲亡故，父亲浪荡不归，兄弟姐妹各寻出路，白杨不得不开始独立谋生。

⊕ 八吊钱　一世情

李宣倜便是"梅党"中人。清末时他毕业于日本士官学校，回国后任三品御前侍卫，人称"三爷"。

梅兰芳15岁那年，染上了白喉病，仍每日带病演出。李宣倜得知情况后，不由得心急如焚，马上跑去梅家，找到梅兰芳的祖母质问："小孩都病得这么重了，还让他登台演出，这不是要孩子的命吗？"祖母顿时泪下，叹息道："三爷，我们全家都靠这孩子每天唱戏赚的8吊钱来养活啊！"李宣倜当即吩咐："那好，从明天起，你每天派人到我家去取8吊钱来，马上送孩子去治病，治好了为止。"

1961年，李宣倜病重，弥留之际，梅兰芳侍奉床前，动情地说道："三爷，您放心，身后之事，我一人承担。"老人闻言，潸然泪下。李宣倜生前是"汉奸"，几乎没有朋友，身边也没有亲人，全部后事均由梅兰芳亲力亲为，操办妥当。两个月后，梅兰芳也溘然长世。

⊕ 吴冠中自毁印章

晚年的吴冠中，因为健康的原因，不能再继续提笔画画。一天，一家美术馆的馆长带着一份厚礼来拜访吴老。一番客套后，这位馆长讲明了来意——想高价收购吴冠中的一枚印章，带回去给美术馆馆藏，作为"镇馆之宝"。

没想到吴冠中当即拒绝，他说："谢谢您的好意，只是我都不画了，印章已无任何价值，不必再馆藏了。"并将礼物全部退还给对方。

过几天，吴冠中夫人发现丈夫在阳台水泥地上磨自己的印章。他说："不用了就把它磨了，省得以后有人利用它去害人。"——他是怕以后有人利用印章制造赝品。

⊕ "上海三文妖"

1920年7月20日，刘海粟聘到女模陈晓君，裸体少女第一次出现在画室。当时有人说:"上海出了三大文妖,一是提倡性知识的张竞生,二是唱毛毛雨的黎锦晖,三是提倡一丝不挂的刘海粟。"

⊕ "课中留影"

上海美专第 17 届西画系毕业班有一张"课中留影"照片。刘抗,是目前为止那张照片上唯一还活着的人。据刘抗回忆,当时人体课下课的时候,他觉得拍一张照片留作纪念很有意义,又很好玩,就把大家聚在了一起。当时拍照的地点就在刘抗的教室里,刘抗又约了张弦他们一起过来。在课堂上,刘抗对"小模特儿"说,大家终有一天要离开,照一个相作纪念吧。"小模特儿"当时很害羞很腼腆,可还是答应了,只是稍微遮掩了一下。

至于"小模特儿"的名字,刘抗已经不记得了,只记得"小模特儿"是上海的乡下人,20 岁上下,在自己的教室做模特儿一年左右。

这张照片拍摄于 1935 年 12 月,距发生在 1926 年那场关于裸体模特儿的大辩论整整十年。这张照片的拍摄,证明了谁是这场辩论的胜利者。

⊕ 王人美原叫王庶熙

王人美,原名叫王庶熙,湖南人。13 岁时,哥哥王人路将她送到"美美女校"学习歌舞。黎锦晖一眼就看中了她出众的歌舞天赋,并认为她将来一定能在舞台上大放光彩。同时黎锦晖认为王庶熙这个名字太过稳重,不适合当艺名,便给她起了另一个名字——王人美。取这个名字除了因为它更加响亮之外,也是黎锦晖故意将这个女孩列入王氏家族的"人"字辈,破一破女性不入家族辈分的旧有习俗。

⊕ 黎莉莉认黎锦晖为义父

钱蓁蓁是中共早期党员钱壮飞的女儿,1927年"四一二"后,钱壮飞因执行任务一时与组织失去了联系,留下年幼的女儿无人照顾,黎锦晖的同乡兼好友田汉把钱壮飞的女儿托付给黎锦晖照顾。

在黎锦晖几年的悉心培养下,钱蓁蓁的歌舞表演潜质很快被发掘出来,并认黎锦晖为义父,改名为黎莉莉。

⊕ 聂耳反戈一击

聂耳报考联华歌舞班时只有19岁,还不识五线谱,锦黎晖觉得他耳朵好,有天赋,就把他留下了。聂耳要求跟黎锦晖学作曲,他是云南人,当时国语说不标准,黎锦晖说:"要学作曲,先正音律",建议他先学注音字母。聂耳很刻苦,做了很多注音字母的卡片放口袋里,每天都背,没几天就背熟了。他经常午后、晚上到黎锦晖家里,谈天谈音乐。

1932年,国难当头,聂耳化名"黑天使"公开发表文章,批评黎锦晖和明月社"显了十几年的软功夫"。聂耳的反戈一击引起轩然大波,但黎锦晖并未正面回应。

溥儒不予人面子

一位吴先生送来一册古印拓本,道光帝曾孙、书画家溥儒随手翻了几页,转手交给陈巨来,"送你吧"。陈巨来觉得这样太不礼貌,说:"吴先生拓得极精致,我不能夺人之美啊。""你不要?"溥儒听不出这是客套话,居然当着吴先生的面把拓本丢入废纸篓中。

吴昌硕老于世故

吴昌硕与朋友同桌吃饭。席间,一商人拿出一张画,请吴昌硕鉴定真假。众人一看,无不觉得好笑,画上的落款是"安杏吴昌硕",吴昌硕为安吉人。瞎子都看得出来,明显是赝品。吴昌硕左看右看,居然老实承认道:"是我画的。"旁人问:"'安吉'写成'安杏',难道是真的?"他笑道:"我老了,那是笔误。"商人大喜,满意而归。散席之后,他向好友说出实情:"我当然知道那幅画是假的,但商人以贩卖为生,如果当面揭穿,他必将血本无归。世上冒充我的假画何止这一幅,多这一张于我无损,对他有益,何乐而不为?"

⊕ 齐白石"七戒"

齐白石一生恪守保养身体的"七戒":一戒饮酒、二戒空度、三戒吸烟、四戒懒惰、五戒狂喜、六戒空思、七戒悲愤。惟不戒色,八十三岁尚生一子。

⊕ 李苦禅守信

李苦禅答应送朋友画,不料朋友去世,他闻讯一夜不眠,整整画了一百枝卓尔不俗的莲花。画罢,郑重地题上了老友慧鉴的跋款,并盖上了平时自己最喜爱的印章。之后,李苦禅携画来到后院中,满上两杯水酒,点燃一支高香,洒一杯酒在地,双手举画。对天遥祭道:"吾友见谅,苦禅疏懒,未得一了心愿,却惊闻老兄仙去,追悔莫及。今作《百莲图》,焚之以追偿所愿,老兄在天有知,苦禅岂敢无信?"拜完后,划着火柴,将精心制作的画作,化作了一团鲜红的火焰。

⊕ 不通比不懂好

有次,顾颉刚与一名戏曲学院的学生谈论京剧的文学性,他认为,京剧里面有很多水词、不通的唱词,当然不好,但不通也比叫人不懂好。他说:"文学性不等于文采性,昆曲有好文章,但也有不少是文人在那里掉书袋,专在文采词藻上下功夫,一首曲子好几个典故,成心叫人听不懂。京剧许多地方学昆曲，唯独这一点没学昆曲，是它的大幸。民国以后，不少文人泡戏园子觉得不过瘾了，又想编戏。他们自然看不上京剧的通俗，于是就往典雅编。但是，他们偏偏不懂市民的心理，编出来的戏大多缺少情趣，写的唱词也让人很难听懂，这样的戏流传下去很困难。梅兰芳的《天女散花》的唱词，既不是水词儿，更没有不通的，可是你听得懂吗？看《天女散花》也就是看看梅兰芳耍绸子吧。"

⊕ 梅大师想念"豆汁张"

梅兰芳三代生长在京城，有吃北京小吃的习惯，上海住久了，很想念北京的"豆汁"，言慧珠从北京南下上海，专门为梅大师装满了好几瓶北京最好的"豆汁张"给梅大师吃。梅大师喜出望外，深感弟子的一片情意。

⊕ 言慧珠偷学成才

言慧珠不是科班出身，但她的戏并不比科班出身的人差。因为她自己喜欢就会想尽各种办法去学戏、偷戏。她在春明中学读书的时候，就会唱《女起解》，那时候，才十二三岁，没有专门的人教，全是她自己偷偷学的，跟着家里人唱的。在《女起解》中演崇公道的演员开玩笑说："都是你家老爷子死脑筋，如果让你当演员，准能一下子轰动北京城。"言慧珠在短短的几年时间内竟瞒着父亲言菊朋学会了十几出青衣、花旦和武旦的戏，这使言菊朋对她刮目相看了。

⊕ 三毛的"忘年恋"

世间传闻王洛宾和三毛的忘年恋,三毛大姊陈田心说,"三毛很单纯,她心中有话就会讲。对王洛宾,她写信和我们讲,从小唱王洛宾的歌,现在认识了这个人;王洛宾的年纪很大,所以她把王洛宾当做长辈,但三毛对长辈表达爱的方式不同,或许人家会以为是男女之爱,而她认为这种情感是源自对艺术创作的欣赏,也是一种长辈晚辈之间的情感传递,没提过两人会变成伴侣。三毛只是希望能给他一些温暖,让他享受人与人之间的互动与情感。"

⊕ 在那遥远的地方

1939年秋,王洛宾受马步芳委派,协助郑君里在青海湖畔拍摄纪录片《民族万岁》时,认识了藏族姑娘卓玛,她是当地一位藏族千户的女儿。三天的相处,活泼美丽的卓玛给王洛宾留下了深刻的印象,两人分离之后,王洛宾在回西宁的路上怅然若失,借助民歌的旋律写成了《在那遥远的地方》。

⊕ 金少山养宠物

京剧名净金少山的生活兴趣十分广泛。据传,他饲养的家犬可以代替主人传递信函和迎来送往,驯养的猴子能够帮助主人接听电话和开门闭户,喂养的小鸟儿,也曾为他在

《锁五龙》剧中创造单雄信的一句"翻高儿"新腔提供了借鉴。

抗战期间,梅兰芳旅居香港时,曾一度约金少山同台合作。某日没戏,金少山来到大街闲逛,忽见路边围一圈人观看一只幼豹,幼豹主人高喊该豹以五百元现大洋出卖。金少山闻言不假思索,从包银中提出足数现金交付卖主。购得幼豹后他每天牵着它大街游转,惹得路人停车驻步,有赞有议,金少山对此颇为开心。

⊕ 徐悲鸿不送裸女画

章伯钧有不少齐白石的画,却没有一张徐悲鸿的画。章伯钧认为徐悲鸿的油画,特别是裸体女人画是最好的作品。有一次在李济深家中,徐悲鸿对章伯钧说:"伯钧,我送你一匹马吧。"章伯钧说:"我不要你的马,我要你的女人。"徐悲鸿听了,摇头说:"那些画,是不能送的。"

⊕ 齐白石痴看新凤霞

齐白石很早就听过新凤霞的甜美唱段,他一见新凤霞本人,便被吸引住了,目不转睛地凝视着新凤霞,使她陷入了尴尬。家人提醒道:"不要老看着人家,不好……"齐白石生气了,说:"她生得好看,我就要看!"凤霞走到面前说:"齐老您看吧。我是唱戏的,不怕看。"郁风说:"齐老喜欢凤霞,就收做干女儿吧。"

⊕ 赵丹追求秦怡

赵丹与叶露茜分手后追秦怡，他见人开着车子来追秦怡，急得拉着吕恩的手，痛苦地说："看，又来了一个，又来了一个！"吕恩安慰他："你怕什么？她如果喜欢你，来了十个也不怕！"赵丹抱怨自己穷："我家里只有一只小藤椅，我把她带到家里，坐在那个椅子上，上面还有个洞！"赵丹与黄宗英结婚后很幸福，吕恩调侃他："秦怡现在还喜欢你吗？"赵丹笑而不语。

⊕ 原配夫人，别无分号

1994年9月，黄宗洛偕夫人尚梦初（北京人民艺术剧院一级演员）回到故乡瑞安。夫妇俩刚进入活动现场，台下就一片议论纷纷。虽说夫人比黄老只小七岁，但人长得年轻，人家还以为黄老回乡带了个"小蜜"过来。黄老见状，走到台上，当着全场观众的面指着身边的老伴大声宣布："这位女士芳名尚梦初，乃敝人原配夫人，别无分号！"台下哄堂大笑。

⊕ 龙套照样有出息

有一次排演话剧临时找不到演员，导演就让黄宗洛扮演一个正面小人物，可演来演去就是演不像，只好让他演一个特务的反面角色。谁知，他演出来的这个特务，并非舞台上常见的那种凶神恶煞般的反派,而是咬文嚼字,故作斯文,坏水藏在骨子里,演得让人拍案称绝。从此,他一发而不可收拾,专演土匪、喽啰等舞台上的坏蛋角色,离休后又涉足影视剧扮演太监、看门大爷等小角色。黄宗洛感慨,跑龙套并不是某些人想象的那样没出息。

⊕ 王立平为电视剧《红楼梦》作曲

王立平为电视剧《红楼梦》作曲,仅《葬花吟》就耗时一年九个月。王立平说,"我这人一辈子谨小慎微,只有这一次,为了'曹雪芹词;王立平曲',上刀山下火海,值了"。

⊕ 是四十四只,你数!

黄永玉和李可染去见齐白石,去时,在西单小菜市场买了两大串螃蟹,四十来个。老人显然很高兴,叫阿姨提去蒸了。阿姨出房门不久,又提了螃蟹回来:"你数!"她对老人说,"是四十四只啊!"老人"嗯"了一声,表示认可。阿姨转身之后轻轻地嘀嘀咕咕:"到时说我吃了他的……"

⊕ 抓紧了,不要掉下来

李可染向齐白石请教"书法三昧",齐白石取出一枝笔,仔细端详好一阵子,喃喃自语道:"抓紧了,不要掉下来"老人没有多说，他只是提醒弟子，如果"掉下来"，就不能画画。抓紧，不掉下来，怎么拿笔都行。白石素来认为的"法无定法"，就是这个意思。

⊕ "京剧"之名始于沪

京剧是南北花雅的综合：它本是花部（地方戏曲）的后起之秀，却从未割断同雅部（昆剧）的联系，但比昆剧普及，又不同于一般地方戏，真正做到了雅俗共赏。它到了上海，"沪人初见，趋之若狂"。北京观众原称京剧为"二黄"、"皮黄"或"乱弹"，上海观众定其名曰"京剧"，首见于1876年2月7日《申报》上的《图绘伶伦》一文。

⊕ 名伶去次上海，能吃一年

北伐战争胜利，1928年定都南京，"北平繁华一落千丈，堂会大见减少，名伶们赚钱，只有靠出门跑外码头了……名伶去一次天津，能吃半年，去一次上海，能吃一年"（丁秉鐩《菊坛旧闻录》）。

⊕ 文明戏

1907年，中国留日学生李叔同、曾孝谷等人组成的"春柳社"，在日本东京上演《茶花女》和《黑奴吁天录》，李叔同饰演剧中的女主角玛格丽特，演出全部采用口语对话，没有朗诵，没有加唱，还设有独白、旁白。这也被看做是中国话剧史的开端，当时被称为"新剧"。辛亥革命前后，文明戏更是发展迅猛。

⊕ 腿上五道手指印

裘盛荣演《坐寨盗马》念完一句：此乃天助我成功也！便右手往大腿一拍，腿上竟拍出五道手指印，可见裘先生演出投入之激情。

⊕ 作假高手张大千

一天，黄宾虹风闻李梅庵家有幅石涛画就问："多少钱？"李答："500块"。后来，黄宾虹到城隍庙古玩店，花100块也买到一幅，感觉比李那幅还好，就兴冲冲捧着战果到李家，恰巧张大千也在，李张都忍俊不禁，原来这是张大千的仿作，他立即拿出100块还给宾虹，收回赝品！

⊕ 旧伶学戏

京剧名老旦王晶华回忆："那时演戏不像现在，七点半开始，演两个钟头就散了。不可能！最少得四个小时。演完戏后，戏班的孩子们就到台下捡废纸，通过卖废纸贴补生活。旧时戏班里的教戏方式通常是对学生进行体罚，老师的责任就是让你记住这能耐学得不容易。不刻苦，就要挨打，伸手就是十板五板，疼得不得了。偶尔犯错误了，同学们也都跟着你挨打，这叫打通堂。那两年，我从屁股到大腿这一段，就没见过本色儿。"

⊕ 谭富英像个老生

汪曾祺问给很多名角挎过刀，艺术上很有见解的唱二旦的任志秋："谭富英有什么好？"任志秋说："他像个老生。"汪曾祺想，他只能这样回答，而且，这是一句很妙的回答，很有道理。唱老生的的确有很多人不像老生。

⊕ 中国第一张唱片

1904年，由京剧大师孙菊仙演唱、胜利唱片公司灌录的京剧唱片《举鼎观画》成为我国历史上第一张唱片。

⊕ 齐白石告白三则

凡藏白石之画多者，再来不画。或加价，送礼物者不答；介绍者，不酬谢；已出门之画，回头补虫，不应；已出门之画，回头加印加题，不应；不改画不照像，凡照像者，多有假白石名，在外国展卖假画；厂肆只顾主顾，为我减价定画,不应。九二翁坚白送礼物者不报答,减画价者不必再来,要介绍者莫要酬谢。

凡我门客,喜寻师母请安问好者,请莫再来。丁丑十一月谨白。

⊕ 李香兰与川岛芳子命运各异

1945年日本战败,李香兰被军事法庭以"汉奸罪"嫌疑审讯,后因公布了自己的日本人身份,幸免判刑。1946年2月,她被释放回国。而同样被起诉的川岛芳子却因旗人的身份被视为叛国罪,处以死刑。一个是日本女人认中国人为义父,一个是中国女人认日本人为义父,同样在中国做着日本人要做的事,历史和人民对她们的判决各有不同,个中的滋味耐人寻味。

⊕ "霓虹灯"式的女人

华君武在评述叶浅予生命中罗彩云、梁白波、戴爱莲、王人美四位女子后,曾经幽默地形容这位老大哥:是专找"霓虹灯"式的女人。

⊕ 戏班旧规

座位:演员化好妆以后,在后场不能乱坐,有一定的规矩。旦角只能坐大衣箱，花脸坐头盔箱，胡子生坐二衣箱，三花脸可以到处坐。

戏班敬神：戏班初一十五俱有敬神。将神位设于前场桌子上，由戏班买肉、点心等作献供，全班人供献神主，然后箱管师傅依次叩头。戏神有两说，一说楚庄王，一说唐明皇。

开场戏、完场戏：每到一处，第一天不演《教子》、《训子》等戏；完场之日不演《骂殿》。

出师：凡戏班出来的娃娃，出师后见了师傅必须先叩头再说话，以示恭而敬之。

演长坂坡：如遇演长坂坡，拉场的必须事先在台前放一把椅子，置于上场门内，专供赵云之用或下场休息所用。

戏台忌猫不忌狗：戏台上，狗可以上台，猫不能上，见之追打之。

演关公戏：演员化好妆后，不能和任何人说话，出场前须到神前烧香吊表。

⊕ "安可"即叫好

1955年，中国艺术团参加西欧第二届国际戏剧节，杜近芳带了两出戏，一个是《白蛇传》中的《断桥》一折，另一个是《霸王别姬》。

《断桥》是文戏，外国人能看明白吗？杜近芳在台上唱完"谁的是，谁的非，你问问心间"这段时，全场的欢呼声响起，还有观众大呼"安可"。这下可把杜近芳吓坏了，她以为唱砸了，观众在起哄。下台后，团领导跟她说"安可"是叫好，再来一遍的意思。她不信，第二天坚持要把《断桥》换成《霸王别姬》。

⊕ 芭蕉的心是左旋还是右旋

20世纪五十年代初,老舍以苏曼殊的四句诗为题,求九十岁高龄的齐白石按诗作画。其中一句"芭蕉叶卷抱秋花",老人踌躇了很久,终于没有应命,因为他想不起芭蕉的心是左旋还是右旋的了,不能胡画。老舍先生说:"老人是认真的。"

⊕ 民国明星收入

1928年,胡蝶转入明星电影公司,拿到高达2000元的月薪(实际支取1000元,公司欠1000元)。作为电影明星,除了赚取月薪外,还有不菲的片酬收入。胡蝶一部电影的最高片酬达到2000元,阮玲玉的最高片酬是1000元,曾出演过《青春线》、《桃李劫》等经典影片的影星陈波儿,每部片酬约为300元。

相比这些大牌明星,一些刚出道或名气不足的小演员,收入水平则要低得多。1935年,出道不久的周璇签约电影公司,月薪仅有50元,直到1937年她出演了电影《马路天使》后一炮而红,月薪才涨到200元。当时,其他演员的收入比大明星们普遍要低上一个档次,蓝苹(即江青)、秦怡等人的月薪都在60元左右。一些男演员稍好,例如因主演《十字街头》、《马路天使》而走红的赵丹,月薪一度达到200

元,而演员出身的大导演谢添当年月薪最高时为250元。

⊕ 王瑶卿评四大名旦

王瑶卿给四大名旦每人一个字的评价,直接反映各人特色:梅兰芳——"样",程砚秋——"唱",荀慧生——"浪",尚小云——"棒"。

⊕ 长沙京剧女角之始

1912年,湖南人徐莘园(后为上海明星影片公司演员),筹资组建"豫园"于织机街桂花井,后为"黄金戏院",聘请沪汉京剧名家,排演适合湘人心里的"时髦戏",其票房收入殊足惊人。又有湘人熊某组织京剧"富贵坤班",演于樊西巷仁美园,上演"髦儿戏",为京剧在长沙有女演员之始。

⊕ 长沙京剧班社初始不入小西门

清光绪二十七年(1901年),长沙京剧名票王定保,从武汉请来京剧艺人"九盏灯"来长沙演出,创办"九如北班",是为长沙京剧班社之肇始。然长沙城乃是湘剧之天下,京剧若想进城与湘剧争饭碗,有人是不答应的,九如北班只好在小西门外的水府庙寂寞的开唱。

⊕ 叶德辉"才子加痞子,宠爱女戏子"

叶德辉一生酷爱湘剧,有人说他是"才子加痞子,宠爱女戏子"。光绪末年,叶德辉出售五百石谷,为湘剧春台班添置行头、接角、租场子排戏,最终包占了春台班。1904年,又开辟了孚嘉巷宜春园茶园,为演出固定了场所,开长沙湘剧进入剧场、售票演出之先河。

⊕ 马连良引见李慕良拜徐兰沅为师

李慕良从长沙随马连良进京,一心想"以拉为辅,以唱为主",但马连良对他说:"我有一句话,不知你爱听不爱听,你如果专心一意去操琴的话,你得道会比你唱戏得道更早。"马先生又说:"你要拉琴的话,也得要有一个老师。"并亲自引见,让李正式拜徐兰沅先生为师。这样,李慕良渐渐自成一派,方成名琴师。

⊕ 马连良的最佳搭档

1935年,马连良到长沙演出。因为琴师尚未到,有人就介绍李慕良帮助马先生吊吊嗓子,结果是一拍即合,配合得严丝合缝。从1939年后,李慕良专为马连良操琴,被赞为马连良的最佳搭档。

⊕ "坠子皇后"死于贫病交加

1939年冬天，"坠子皇后"乔清秀和丈夫乔利元应沈阳珙玉茶社邀请，在那里演出。一天，正唱着《蓝桥会》，突然来了几个荷枪实弹的宪兵，把乔利元抓到日本宪兵队。乔清秀到宪兵队探视，目睹丈夫被送上电椅，宪兵逼迫他承认自己是共产党。乔利元宁死不屈，惨遭毒手。乔清秀受到刺激，患上了精神分裂症。一代曲坛明星乔清秀，1943年饮恨陨落，时年34岁。

⊕ 中国不会亡！

抗战名曲《歌八百壮士》，诞生于1938年"淞沪战役"以后。当时在武汉，上海音专学习作曲的夏之秋读到桂涛声创作的歌词："中国不会亡，中国不会亡，你看那八百壮士孤军驻守东战场……"，非常激动，一个晚上，就谱写成歌曲。几天后，在汉口俄国俱乐部，由上海音专声乐系学生周小燕首次演唱，夏之秋钢琴伴奏，歌一唱完，台下的人就自觉唱起来了，场面十分热烈。1993年夏之秋去世，在北京"夏之秋教授追思会"上没奏哀乐，播放的是《歌八百壮士》。

⊕ 程砚秋回国"益见肥硕"

1932年程砚秋不到30岁，去欧洲考察前腰围不盈二尺，去了之后眼界大开，想摆脱旧戏子的命运，于是大吃大喝，试图毁掉原先的自己。可惜事与愿违，一年后，还是得回国唱戏，当时报载，"程之体格则较去国时，益见肥硕高大耳"。程先生这么一胖，就没再瘦回来。

男马路女马路

在1919年出版的一期《美术》杂志上，一句"不论男女均可入学"的招生广告词语，启示了上海美专敢为天下先的破冰之举。此一举动，引起社会极大反响，其中不乏反对的声音。对此，刘海粟举了个浅显的例子来说服同事："既然马路不分男马路女马路，为何学校要分男校、女校？"

于是，1919年9月，上海美专招收了第一批11名女生插班学习，其中有刘海粟的姐姐刘慕慈。

张伯驹初见潘妃惊为天女

张伯驹的好友孙曜东回忆："潘素女士，大家又称她为潘妃，苏州人，弹得一手好琵琶，曾在上海西藏路汕头路路口'张帜迎客'。"

张伯驹第一次见到潘妃，就惊为天女下凡，才情大发，提笔就是一副对联：'潘步掌中轻，十步香尘生罗袜；妃弹塞上曲，千秋胡语入琵琶。'不仅把'潘妃'两个字都嵌进去了，而且把潘妃比作汉朝的王昭君出塞，把她擅弹琵琶的特点也概括进去了，闻者无不击掌欢呼。

⊕ 无枫堂

徐悲鸿的南京公馆落成时，孙多慈以学生身份送来枫苗百棵。徐夫人得知此事后大发雷霆，让佣人把枫苗全部折断当作柴火烧掉。徐悲鸿面对这种事，痛心无奈之余，遂将此公馆称为"无枫堂"，称画室为"无枫堂画室"，并刻下"无枫堂"印章一枚作为纪念，钤盖于那一时期的画作上。

⊕ 孙、蒋重见，斯人已去

1953年9月，徐悲鸿在北京病逝，噩耗传到台湾时，蒋碧薇正去中山堂看画展。在展厅门口，当她刚签好名字一抬头，正好孙多慈站在了她面前，这对几十年前的情敌，一时双方都愣住了。后来还是蒋碧薇先开了口，略事寒暄后，就把徐悲鸿逝世的消息告诉了孙，孙闻之即刻脸色大变，眼泪夺眶而出。

⊕ 将昆曲当成爱好

张充和将昆曲当成爱好，她曾说："她们喜欢登台表演，面对观众；我却习惯不受打扰，做自己的事。"

⊕ 义勇军进行曲

　　1944年，美国好莱坞米高梅公司拍摄了一部反映中国抗日的故事片《龙种》。这部影片根据美国女作家赛珍珠同名小说改编，得过4次奥斯卡最佳女主角奖的凯瑟琳·赫本担任女主角，《义勇军进行曲》就是这部电影的插曲。1945年美国举行胜利日庆祝活动，演奏《盟军胜利凯旋之歌》时，以《义勇军进行曲》作为代表中国的歌曲。

岁月留痕

⊕ 吴稚晖"三不"

1943年,蒋介石力邀吴稚晖为国民政府新主席,被吴稚晖推辞,理由是"三不":"1. 我平常的衣服穿得很随便简单,做元首要穿燕尾服、打领带打领结,我觉得不自在;2. 我脸长得很丑,不像一个大人物;3. 我这个人爱笑,看到什么会不自主地笑起来,不要哪天外国使节来递国书,会不由得笑起来,不雅。"

⊕ 吴稚晖挨耳光

吴稚晖是前清举人,但追求无政府主义,他可以不待通报直入蒋介石的官邸,但一辈子不愿意进入仕途。他一生朴素,与贩夫走卒为伍,形同路人,一次他坐渡轮忘记带钱,收票员打了他一耳光。船停,军政大员恭迎,收票员吓得下跪求饶,他却一笑了之。

⊕ 毛人凤在哪里?

1949年,李宗仁代总统宣布释放政治犯,特别下令立即释放张学良、杨虎城两人。重庆《中央日报》刊出消息后，负责看押杨虎城的龚因彦事前未接通知，拒绝执行。李宗仁见命令不能兑现，便打电话给重庆市长杨森，要他释放杨虎城，杨推说毛人凤不在重庆，不知杨虎城关在什么地方。当时重庆报纸刊出大标题新闻：毛人凤在哪里？最终杨虎城一家人及秘书被特务杀害。

⊕ 做官的是三等人才

时任中央研究院代理院长与教育部长的朱家骅，托傅斯年请李方桂任中央研究院的民族学研究所所长，李方桂坚决拒绝，他说："研究人员是一等人才，教学人员是二等人才，当所长做官的是三等人才。"傅斯年很惭愧，长揖到地，连说："我是三等人才。"傅斯年当时是历史语言研究所所长。

⊕ 民国清官石瑛

民国时期有个清官叫石瑛，不义之财分文不取。30年代任南京市长时，硬逼孔祥熙纳税4500块大洋。孔氏伺机报复，克扣南京市政经费。国民党中常委开会时，石瑛抓起大墨盒砸向孔脑袋，虽未砸中，却泼孔氏一脸墨汁。蒋介石深知石瑛为人耿直，不但未批准其辞职，反而向其保证恢复经费。

学者的良知和责任

从 1938 年起,傅斯年以社会名流的身份被聘为国民参政员。强敌入侵,国难方殷,然而国民党政府自身的腐败和黑暗已使国家濒临崩溃的边缘。傅斯年以学者的良知和责任,直言国民党政治上的失败,数次揭露行政院长孔祥熙和宋子文的腐败无能,由此而得"傅大炮"之名。傅斯年弹劾孔祥熙时,蒋介石为平息此事,特意请他吃饭,并说,"你既然信任我,那么就应该信任我所用的人"。傅斯年的回答是:"委员长我是信任的,至于说因为信任你也就该信任你所任用的人,那么砍掉我的脑袋我也不能这样说"。

请他滚蛋

抗战期间,身为西南联大政治学教授的张奚若被聘为国民参议员,有一次开会时,他当着蒋介石的面发言批评国民党的腐败和独裁。蒋粗暴地打断他的发言,插话说:"欢迎提意见,但别太刻薄。"张奚若一怒之下,拂袖而去,从此不再出席参政会。等到下一次参政会开会,当局寄来路费和通知,他当即回电一封:"无政可参,路费退回"。1946 年初,他应学生邀请,在西南联大图书馆前的草坪上做了一次大为轰动一时的讲演,听众达六、七千人,他在正式讲演前大声说:"假如我有机会看到蒋先生,我一定对他说,请他下野。这是客气话。说得不客气点,便是请他滚蛋!"

⊕ 龚德柏枪指二上将

龚德柏曾在《申报》《世界晚报》《世界日报》等大报担任总编，后来办了一份《救国日报》，在蒋介石那里还有个少将参议的官职。

1948年，民国选总统，程潜与孙科皆为主要候选人。龚德柏是湖南人，当然力挺湖南老乡程潜。因此时任《救国日报》主编的他，就利用报人的身份，开始炮轰孙科。指名道姓的说孙科贪污，行贿。但孙科还是有些风度，并没对龚德柏进行实质性的报复。

最后，李宗仁得754票，孙科得559票，程潜得522票，于右任不足500票，莫德惠、徐溥霖各得200余票，李宗仁独占鳌头。

会后，广东代表极其气愤。张发奎与薛岳拍案而起，果断的率众去收拾这个龚德柏。他们一进报馆，见人打人，见物砸物。正准备上楼活捉龚德柏，龚德柏下楼用双枪突然指住了张发奎与薛岳两人。一时两位身经百战的大将，被一位书生用他们最熟悉的东西给镇住了。最后没办法，只能与龚德柏互骂一通，砸了报馆愤愤而去。

事后李宗仁过意不去，托人交给龚德柏四根金条，以此弥补《救国日报》的损失。

⊕ 湘越皆有伟人

蒋介石初见湖南宝庆人蒋廷黻，恭维说："湖南是个出大人物的地方。"并举出自己所敬仰的湖南人曾国藩、左宗棠、胡林翼等。蒋廷黻回答说:"湖南是出过一些大人物,而当今中国伟人多出自浙江!"

冯玉祥讽日本

曾有日本领事到张家口拜访冯玉祥。谈话间,该领事有些不屑地向冯道:"贵国森林不多,童山遍处,如高丽未受治于日本之前一般。"冯答道:"贵国未维新之前,文化之低落甚于印度。"

哪有先生不说话

1937年"七七"芦沟桥事变前后,蒋介石和汪精卫联名邀请全国各界名流学者到江西庐山开谈话会。7月11日谈话会上,蒋、汪发言后,胡适慷慨激昂,发表了一通抗日救国演讲。在座的胡健中听后,即席赋诗一首:"溽暑匡庐盛会开,八方名士溯江来。吾家博士真豪健,慷慨陈词又一回!"言语中颇含戏谑之意。胡适也随手写了一首白话打油诗回赠:"哪有猫儿不叫春?哪有蝉儿不鸣夏?哪有蛤蟆不夜鸣?哪有先生不说话?"

⊕ 蒋廷黻跻身政坛

蒋介石接受孔祥熙的推荐,打算任命蒋廷黻为行政院政务处长。蒋廷黻去南京郊外的汤山官邸见蒋介石时,他仍未决定是否接受任命。落座后,他向蒋介石推辞说:"我没有经验,我不知道如何做法。"但蒋介石对他说:"你能,从工作中吸取经验。不工作永远得不到经验。"一面说,一面拿起笔来写了一道手谕:"派蒋廷黻为行政院政务处长"。就这样,蒋廷黻跻身政坛。

⊕ 张勋头颅值几何

张勋拥兵逗留津门时,其野心已经昭然若揭,有复辟之嫌。张勋见众人怀疑,便对天发誓道:"我如果有此心,将来这一颗头颅必为利刃所断。"等他1917年6月30日到7月1日凌晨复辟后,某公问他:"前日誓词,言犹在耳。"张勋竟恬不知耻地说:"以我一颗头换取大清帝国,有什么不值得的呢?"

⊕ 顾维钧待人必称"您"

外交家顾维钧态度雍容,从来不现疾言厉色,待人从不称"你",必称"您"。他说,在外交场合,一定要有礼貌,例如知道对方不会同意自己的意见,而仍要说"我相信您会同意我的意见吧？"

⊕ 不堪酒贱酬知己，惟有清茗对此心

1947年10月，张素我随父亲张治中访问台湾，并在新竹市井上温泉探望了幽禁中的张学良。2011年，张素我回忆张学良和赵四小姐的落寞和无助的状况说："我至今印象深刻的场景是：当张学良先生拉着父亲的手时，他的眼泪几乎夺眶而出。这是很令人感动的一幕。"

张学良赠张治中诗曰："总府远来义气深，山居何敢动佳宾。不堪酒贱酬知己，惟有清茗对此心。"

⊕ 孙中山的幽默

戴季陶或许是厌倦了革命，提出想去美国读书。孙中山看了他一眼说："老了，还折腾什么？"戴季陶仍再三请求，老孙终从抽屉里拿出一枚银元："你拿去作学费吧！"戴纳闷："先生，您这是跟我开玩笑吧？"老孙回答说："你别想了，我这是让你到虹口看一场电影，放松一下心情！"

⊕ 袁世凯评孙黄

1912年夏秋之际，孙文、黄兴北上，与大总统袁世凯共商国是。孙文表示愿意在十年内修筑20万公里的铁路，

请袁世凯同期训练100万精兵。袁世凯事后对亲信说："孙氏志气高尚，见解亦超卓，但非实行家，徒居发起人之列而已。黄氏性质直，果于行事，然不免胆小识短，易受小人之欺。"

⊕ 政治小算盘

在总统、副总统就职仪式上，蒋介石曾想让李宗仁穿西装，自己穿长袍，树立其"民族"形象。但蒋脑子一转，又觉得不对劲，如果李宗仁穿了西装，美国人就会更亲近他。后来，他令李宗仁穿军装。身着戎服的李副总统站在一袭长袍的蒋介石身后，就像给老太爷保驾的马弁！

⊕ 一觉醒来，和平已经死了

1946年9月，中共代表周恩来通过马歇尔把一份备忘录交给蒋介石，认为国军倘不停止进攻张家口，和谈将全面破裂。10月10日，民盟秘书长梁漱溟赶到上海，想把周恩来劝返南京，继续进行和谈。周未坚决拒绝，梁漱溟以为和平有望，甚为兴奋，11日连夜坐车回京。12日，梁在南京车站下车时，看到早报刊登国军攻破张家口消息，大为失望。并向记者叹曰：一觉醒来，和平已经死了！当时报纸遍传此语，盖国人共同之惋惜。

⊕ "民国炮手"张奚若

徐志摩称张奚若为"一位有名的炮手",他曾这样描绘张奚若:"他是一块岩石,还是一块长满着苍苔的(岩石)。""他的身体是硬的","他的品行是硬的","他的意志,不用说,更是硬的","他的说话也是硬的,直挺挺的几段,直挺挺的几句,有时这直挺挺中也有一种异样的妩媚,像张飞与牛皋那味道。"

⊕ 余绍宋敢传讯国务总理

1926年北京发生"三·一八"惨案时,余绍宋担任司法部次长,他在写给一位乡贤长辈的信中道:"洎3月18日惨杀案起,政府下令,诬学生为共产派。事经京师地方检察厅侦查,乃断言其不应开枪残杀。公函陆军部,依法办理。……各学校同时提出公诉,控告执政、国务总理及各国务员。检厅当然受理,依法侦查,并传执政及总理。"余绍宋敢于接受各学校提出的公诉,依法侦察,并传唤执政和国务总理,可谓侠心铁骨,大义凛然。最后余绍宋被段祺瑞政府下令免职。

⊕ 康有为没有胡子当不成宰相

康有为不但发辫短,胡子也因为化装入京、掩人耳目的需要给剃掉了。当张勋复辟大功告成之后，康夫子希望获得首揆（首席内阁大学士）一席，张勋向宣统请示的时候，瑾太妃以为不可，说本朝从未有过没胡子的宰相。康有为得知后，极为懊丧，急忙从药店买来生须水，一小时内抹上两三次，且时时揽镜自照。

⊕ 无谋、无城、无谱

1938年，随着日寇的迫近，广州沦陷迫在眉睫。当时主持广东省军政的余汉谋、吴铁城、曾养甫皆束手无策，以致小报上出现这样的讥讽：余汉无谋，吴铁无城，曾养无谱。"

⊕ 官僚的作风就是姨太太的作风

抗日战争前夕，王芸生在一篇文章中说："傅孟真先生有一次对我说，他想写一篇'中国官僚论'。他说，中国向来臣妾并论，官僚的作风就是姨太太的作风。官僚的人生观，对其主人，揣摩逢迎，谄媚希宠；对于同侪，排挤倾轧，争风吃醋；对于属下，作威作福，无所不用其极。"对于傅氏高论，王芸生深有同感，因而将它写入文章。王说："这道理讲得痛快淋漓，这段官僚论，的确支配了中国历史上大部分的人事关系。"

⊕ 赵四风流朱五狂，翩翩胡蝶正当行

上海《时事新报》11月20日以"马君武感时近作"为题，发表了《哀沈阳》七绝二首。诗中有云：赵四风流朱五狂，翩翩胡蝶正当行。温柔乡是英雄冢，哪管东师入沈阳。

诗中所说的赵四，即赵一荻；胡蝶，乃当红电影"皇后"。诗中指名道姓，言之凿凿，一经刊发，即洛阳纸贵。

1991年，张学良曾说："我最恨马君武的那句诗了…朱五就是朱启钤的五小姐，她是我秘书朱光沐的太太。我跟朱五不仅没有任何关系，我都没有跟她开过一句玩笑。"

就在上海《时事新报》发表马诗的当日，胡蝶所服务的明星影片公司也做出了快速反应，并于11月21日、22日连续两天在上海最具影响的《申报》以胡蝶的名义发表声明辟谣。

1986年，胡蝶在《胡蝶回忆录》书中说："马君武这两首诗是根据传闻而写。……我是在事变之后方始到达北平的。"再次向世人清楚地表白，九一八事变之晚，她根本未在北平。

⊕ 女勿悲，儿勿啼

1925年8月20日廖仲恺被害。"廖案"的详情在报上披露后，何香凝写了"精神不死"四个大字，贴在自家的门口。她问梦醒、承志两个孩子："三年前，爸爸被陈炯明囚禁时，写给你们的诀别诗，还记得吗？""记得。"姐弟俩朗声背了起来："女勿悲，儿勿啼，阿爹去矣不言归。欲要阿爹喜，

阿女、阿儿惜身体！欲要阿爹乐，阿女、阿儿勤苦学……。"

⊕ 汪精卫替蒋介石挨枪

1935年11月1日，国民党四届六中全会开幕式之后，全体委员要照集体照。蒋介石不肯照相，汪精卫亲自去请，蒋介石不知有什么先兆，竟直言"今天秩序太乱，恐怕要出事"，还劝汪精卫也不要出去。汪精卫不以为然，就一个人出来入座照相。

照完了相，突然从记者席中窜出一个身材高大的人来，用隐藏在照相机中的手枪向汪精卫连开了三枪：击中汪精卫的左颊、左臂和后背脊柱骨。

现场顿时大乱，张学良眼明脚快，飞起一腿，踢掉了刺客的手枪，汪精卫的保镖上前将他抓住。

经过调查审讯：刺客叫孙凤鸣，原来是十九路军的一名排长，只因不满蒋、汪步步退让的卖国投降政策，自愿执行这次任务。他原来的计划，是想刺杀蒋介石，怪的是蒋介石那天居然有先见之明，预料到要出事，不肯参加照相。结果就由汪精卫替他挨了这三枪。

⊕ 汉奸汪精卫坐"海鹣"去日

1944年2月中旬，日本派了骨科专家黑川利雄赶来南京给汪精卫诊断，判定为骨肿病，已经进入危险期，考虑到南京医疗条件较差，无法进行大手术，建议到日本去治疗。

3月3日下午1时，汪精卫乘坐的专机"海鹣"号飞赴日本。颇具有讽刺意味的是：日本人赠送给他的专机命名为"海鹣"号，不论用北京话读还是用上海话读，都与"汉奸"两字的发音十分相近。

⊕ 梅汝璈傲骨如梅

1946年5月，由中、美、英、苏、澳、加、法、荷、新、印、菲十一个国家组成的远东国际军事法庭对日本28名甲级战犯进行审判。

中国派遣梅汝璈任法官。人如其名，他果然傲骨如梅。

开庭预习时，各国的出场顺序、座位本无关紧要，但澳大利亚的审判长将中国排在美英之后，这个安排激怒了中国法官梅汝璈，他说：："如论个人之座位，我本不在意。但既然我们代表各自国家，我认为法庭座次应该按日本投降时各受降国的签字顺序排列才最合理。首先，今日系审判日本战犯，中国受日本侵害最烈，且抗战时间最久、付出牺牲最大，因此，有八年浴血抗战历史的中国理应排在第二，再者，没有日本的无条件投降，便没有今日的审判，按各受降国的签字顺序排座，实属顺理成章。"

"啪"的一声，梅法官毅然地将一个装满水的玻璃杯砸在地上，水花溅了一地，破碎的玻璃片分散在四周的角落里。说毕，脱下象征着权力的黑色丝质法袍。

这个举动震撼了在场的各国法官，最终使外国法官妥协。

⊕ 五个第一

胡宗南，是黄埔学生在国民党陆军中的第一个军长（1936年4月）；第一个兵团总指挥；第一个集团军总司令；第一个战区司令长官；第一个跨入将军行列、也是唯一一个在离开大陆以前获得第三颗将星的人。

⊕ 陈诚土木系

陈诚土木系亦称之为陈诚系，为国民党大陆时期的军队派系，核心人物是陈诚。土木系将领主要出身于大陆时期国军第18军第11师，其中亦包括在人际关系接近陈诚的将领。该部因"土"拆开为"十一"、"木"拆开为"十八"故而得名。

⊕ 孙中山的遗体在哪里

1929年6月1日，国民政府为孙中山举行了隆重的"奉安大典"。孙中山的棺柩运到中山陵后，由8名卫士抬入墓穴安葬。墓穴用钢筋混凝土密封，位于孙中山卧像下5米深处。

日军侵占南京之前，南京政府提出要把孙中山的遗体带到重庆去。但要将遗体取出，必须要爆破；一经爆破，棺柩和遗体都要遭破坏。所以，当时没有动。日军进入南京之后，慑于孙中山先生的崇高威望和巨大影响，未敢进一步破坏中山陵。

另外，据传蒋介石逃离大陆时，将孙中山的遗体从中山陵中取出，带到台湾去了。但据孙中山的卫士，一直担任护卫中山陵任务的范良说，蒋介石撤退时，根本没有提到中山陵，只是孙科临走时对他们说："毛泽东、周恩来对总理是尊敬的，你们是总理的卫士，他们不会为难你们的。"解放之后，中山陵受到人民政府的精心保护。所以孙中山的遗体，仍在中山陵孙中山的卧像之下的墓穴里是毫无疑问的。

⊕ 金陵永生

美国传教士明妮·魏特琳，1919年受聘南京金陵女子学校校务。南京大屠杀时，美国政府要求她离开，她执意留下。她勇敢无畏地保护了1万余名难民免遭屠戮，她为挽救成千上万名中国姑娘免遭侮辱，数度遭日军威胁，殴打。南京市民称其为"活菩萨"，她的墓碑上写着"金陵永生"。她的中国名字叫做华群。

⊕ 舍一生拼与艰难缔造，孰为易

陈独秀20岁时，与革命党人吴樾相争刺杀满清五大臣，竟至于扭作一团、满地打滚。疲甚，吴问："舍一生拼与艰难缔造，孰为易？"陈答："自然是前者易后者难。"吴对曰："然则，我为易，留其难以待君。"遂作易水之别。后吴饮弹于专列，就义，重伤清二臣，时年26岁。

⊕ 国民党当初不接受女性

1912年8月,在北京湖广会馆,宋教仁宣读由自己起草的国民党党章,当读到"国民党不接受任何女性加入"时,在场的同盟会女会员沈佩贞、唐群英冲上台,扭住宋教仁不放,最后孙中山出来劝说,才稳定会场秩序。

⊕ 华润两根金条起家

1931年夏,时任中央特科负责人的陈云,在上海交给一个叫秦邦礼(秦邦宪胞弟)的年轻人两根金条,指示他以此做资本,为党建立秘密交通站,这成为新中国最大外贸企业华润公司的初始资金。

⊕ 伤心之地

吴汝纶曾东游日本考察教育,到马关春帆楼上,看到李鸿章当年谈判坐的凳子都要比日本人矮半截,不禁悲从中来。陪同的日本友人请他留下墨宝,他大书"伤心之地"四字。

⊕ "民权"的第一步就是要知道如何开会

孙中山了解搞"民权"的第一步就是要知道如何开会;

会中如何表决；决议后如何执行。这一点如果办不到，则假民主便远不如真独裁之能福国利民。他便动手翻译了一本议事规程的小书，名之曰《民权初步》。

唐德刚论及《民权初步》，认为其重要性不亚于《建国方略》、《建国大纲》和《三民主义》，然而，却被某些人忽略了。

⊕ 大局定矣，来日正难

《清帝逊位诏书》颁布10天后，上海《申报》于2月22日以《清后颁诏逊位时之伤心语》为标题报道说："此次宣布共和，清谕系由前清学部次官张元奇拟稿，由徐世昌删订润色，于廿五日早九钟前清后升养心殿后，由袁世凯君进呈。清后阅未终篇已泪如雨下，随交世续、徐世昌盖用御宝。……"

张謇在故乡海门长乐看到该项诏书，便在日记中写道："此一节大局定矣，来日正难。"

⊕ 空飘海漂的"心战"

厦门的"英雄三岛"（大嶝、小嶝、角屿）离金门最近，1958年"8·23"炮击金门时，三岛居民与当地驻军并肩作战，空飘海漂了大量宣传品。逢年过节，三岛居民还造几条办公桌大小的"礼船"，里面放有各省、市政府赠送的贵州茅台酒、山西老陈醋、金华火腿、宁夏枸杞子、云南香烟、西湖龙井茶等祖国大陆最有名的土特产品，再在船帮上写上

"蒋军官兵投诚起义立功受奖"、"美帝国主义从台湾滚出去"、"祖国要统一,台湾要回到祖国怀抱"等标语,顺潮放出。

这些"礼船"一到金门,国民党当官的就说:"共匪的东西有毒,吃不得。"不过,这些东西最后都被他们享用了。

⊕ 此人该杀

正当中日鏖战枣阳、宜城之际,从宜昌传出令人震惊的消息:由国民政府军事委员会拨款、动用几万民工构筑的宜昌至当阳的数道防御工事竟简陋不堪,难以御敌。究其原因,却是时任荆宜师管区司令兼宜昌警备司令的蔡继伦督办这项工程时贪污了巨额国防工程款。蒋介石恼羞成怒道:"此人该杀!"5月25日,蔡被革去官职,押至重庆,判处枪决。

⊕ 黄埔军校差点叫"东山军校"

1924年1月24日,孙中山正式下令筹建陆军军官学校。讨论校址时,国民党中央执委倾向定在"测绘局及西路讨贼军后方医院",即现在的北教场路烈士陵园一带,广州人通称为"东山"。为此,还形成了文件。后来,孙中山从安全角度考虑,选择了四面环水的黄埔岛,于是才有了黄埔军校。否则,这所军校就叫"东山军校"了。

⊕ 罗家伦下马草檄五四宣言

《北京学界全体宣言》由北京大学学生罗家伦拟定,北京大学学生印刷,一九一九年五月四日在天安门前集会时散发,故又称"当日大会传单"。全文仅二百余字,白话一挥而就,其时罗家伦仅二十二岁耳。

⊕ 三四道菜就可以了

当年沈从文到美国来,人家请客,他不懂外国规矩,说:"不用客气,点三四道菜就可以了。"其实,西方用餐,主菜式就是一盘,也可以说是一道。所以后来常有人拿这个来当笑话说。

⊕ 宋教仁不用清朝纪年

宋教仁视清廷为国家强大的最大障碍,因而他在杂志中不用清朝纪年而使用黄帝纪年,以示对立。

⊕ 宋教仁评孙中山

1907年2月,孙中山与黄兴因采取何种旗帜而发生了激烈争执,宋教仁在当天的日记中认为,黄兴不快的原因,

"其远者当另有一种不可推测之恶感情渐积于心,以致借是而发,实则此犹小问题。盖孙文素日不能开诚布公,虚怀坦诚以待人,做事近乎专横跋扈,有令人难堪处故也。"1908年11月23日,宋教仁曾说:"像孙逸仙那样的野心家做领导人,中国革命要达目的,无论如何也是不可能的。"

⊕ 宋教仁"革命三策"

宋教仁在革命党人的会议上提出了革命三策,上策是中央革命,就是在北京发动起义,一举推翻清政府;中策是进行中部革命,就是在中原地带,一个省或者几个省同时发动起义;下策就是原来孙中山的做法,在边境召集人马临时发动起义,再北伐。

⊕ 黄兴拒绝向孙中山宣誓效忠

1914年6月,二次讨袁失败以后,国民党在东京召开了一次会议,准备通过新的党章,在新的党章中,党员被分成了首义党员、协助党员、普通党员,革命如果成功,相应的他们就会成为元勋公民、有功公民、先进公民。更重要的是,每个入党的人都被要求在一份誓约上按指模,发誓"愿牺牲一己之身命自由权利,附从孙先生,再举革命……如有二心,甘受极刑"。

对此,一生忠实追随孙中山的黄兴愤怒了!他严厉地质问道:这样一个让全党效忠一个人的党,把党员分成三六九等的党,这究竟是一个什么样的党?是古罗马的贵族院吗?这是专制主义!如果我们这样做了,那我们和袁世凯还有什么区别呢?

⊕ 为日本去一大敌

袁世凯自挽:"为日本去一大敌;看中国再造共和。"

⊕ 蔡锷遗电

1916年11月8日,蔡锷溘然长逝,年仅35岁,去世前口授蒋百里代写遗电:"一、愿我人民、政府协力一心,采有希望之积极政策;二、意见多由于争权利,愿为民望者以道德爱国;三、在川阵亡将士及出力人员,恳饬罗、戴两君核实呈请恤奖,以昭激励;四、锷以短命,未克尽力民国,应行薄葬。"

⊕ 黄万里至死记挂江河

黄万里遗言:万里老朽手启予敏儿及沈英夫妇弟妹:治江原是国家大事,"蓄"、"拦"、"疏"及"抗"四策中,各段仍应以堤防"拦"为主。长江汉口段力求堤固,堤面临水面,宜打钢板钢桩,背面宜石砌,以策万全。盼注意注意。万里遗嘱,2001年8月8日手笔候存。

⊕ 伏莽堪虞，为国珍重

1948年8月，毛泽东赴渝和谈，住桂园，喜欢外出散步、逛街。时供职行政院的湖南常德人钱剑夫，遇常德老乡、负责桂园警卫的宪兵九团团长蔡隆仁，询问毛泽东起居情况后，交一小纸条，托他交给毛泽东。次日，蔡隆仁将纸条夹在毛泽东每天要看的报纸中。毛泽东读报，发现纸条上面写道："晨风加厉，向露为霜；伏莽堪虞，为国珍重。"便问蔡：纸条是何人所写？蔡告之，一老乡，托我转递。毛泽东道：代我谢谢你这位老乡了。自此，毛泽东在渝不再随意外出。

⊕ 中英庚款董事会

南京市鼓楼区山西路124号，为中英庚款董事会旧址，是为管理英国退还的庚子赔款而设。

1901年，《辛丑条约》规定，中国拿出四亿五千万两白银赔偿出兵国，本息合计九亿八千万两白银。这笔钱被称为"庚子赔款"。

1908年起，美国拿出所获庚子赔款的一半退还中国，作为资助留美学生之用。1914年，第一次世界大战爆发，为了争取中国加入协约国参战，英国表示愿意效仿美国，退还庚子赔款。

1931年4月，中英庚款董事会在南京成立，董事长为曾任中央大学校长的朱家骅。除了铁路建设外，董事会还大力资助教育、文化事业。其中一项便是效仿美国,资助留英学生。董事会前后资助七期,共一百四十八人。此外,中央图书馆和中央博物院都是靠此董事会资助建成。抗战爆发后,一万三千余箱故宫文物西迁,董事会为其垫付了运费。

⊕ 何应钦"讨伐勤王"

1936年,西安事变的消息传到南京。在国民党中央紧急会议上,军政部长何应钦别有用心,力主讨伐勤王,并自告奋勇出任讨伐军总司令。贺衷寒马上成为何应钦的主要谋士。何应钦此举,是司马昭之心路人皆知。而贺衷寒一招也很绝,如蒋某回来了,会以为他在真心救校长,忠勇可嘉;如蒋某死了或回不来了,他则是新领袖何应钦的第一红人。然而,老蒋一回南京,三下五除二,就让何府门庭冷落,贺衷寒一生坐冷板凳,仅能解决温饱。

⊕ 陶行知介绍白求恩到中国

1937年7月30日,陶行知应邀参加美国洛杉矶医友晚餐会。

宴会上,他遇上了加拿大著名胸外科医师白求恩。应白求恩的要求,陶行知详细介绍了中国人民抵抗日本侵略者浴血战斗的情况,白求恩感动地说:"如果需要,我愿意到中国去,同你们一块战斗。"这一天,陶行知在记事簿上记下了一个不平凡的外国专家的名字:诺尔曼·白求恩。

流年逝水

⊕ 王陵基与蒋争风吃醋

王陵基是晚清时期留学日本的风流将军。民国初年,他投靠北洋军阀,当上川军第十五师师长兼重庆镇守使,后跑到上海泡妓院"长三堂子"。此时,正在沪上积蓄力量的蒋介石也是这个妓院的座上客。一次,两人争风吃醋,大打出手。王事后说:蒋介石敢和我抢女人,我就扇了他一个大嘴巴!

⊕ 蒋见岳母　送礼大方

1927年9月29日,蒋介石到日本,向宋美龄的母亲倪桂珍提出与宋美龄的婚事。为讨好未来岳母的欢心,蒋介石出手大方送礼:杭州丝绸、龙井茶叶、景德镇瓷器、宜兴茶具、长白山野山参、大珍珠项链、翡翠手镯等。

⊕ 叶飞的菲律宾籍

开国上将叶飞的父亲叶荪卫,福建安南人,1900年下南洋谋生,母亲麦尔卡托是有着西班牙血统的菲律宾人。叶飞1914年生于菲律宾吕宋岛。虽然中国不承认双重国籍,但菲律宾方面并没有取消他的菲籍，而且一直保存着他的出生证和洗礼证明，菲律宾人民亦视其为本国的英雄。1999年4月18日，叶飞于北京去世。

⊕ 炒作《新青年》

白话文在《新青年》刊出后无人理睬，新文化领袖们顿觉无尽的寂冷。怎么办？钱玄同用化名以旧文人的笔墨大肆攻击《新青年》，并把林纾等旧派牵挂进去。接着，刘半农出面把旧派们骂得血肉横飞。一次次"双簧"后，话题升温，旧派终奈不住加入论战。于是，《新青年》被炒作火了！

⊕ 冯玉祥"死了"

冯玉祥在常德时，每天学英文两小时。学习时，即在门外悬一牌子，上书："冯玉祥死了！"学完后开门除牌，向人说："冯玉祥复活了。"后来，他可以在美国的街头用英文作反蒋演说。

⊕ 黄兴挽宋教仁

宋教仁死的时候，黄兴写了幅挽联，写得直白、鲜明而痛快：前年杀吴禄贞，去年杀张振武，今年又杀宋教仁；你说是应桂馨，他说是赵秉钧，我说却是袁世凯。

⊕ 李振翩为杨开慧接生

1973年8月3日,《人民日报》在头版头条报道了一条新闻：毛泽东主席会见应邀回国访问的美籍华人李振翩教授夫妇。

李振翩是湖南湘乡县人。1919年6月3日，毛泽东重建湖南学生联合会时，李振翩正在湘雅医学院攻读。毛泽东主编的《湘江评论》出到第5期，被军阀张敬尧查封。湘雅医学院的校刊《新湖南》，因为学生放假，从第7期开始，由毛泽东接办，李振翩是杂志编辑之一，这个校刊出到第10期，又被张敬尧查封了。

1922年秋的一天，毛泽东头戴草帽，身穿短衫，脚着草鞋，化装成人力车夫，急冲冲来湘雅医学院找李振翩。着急地说："赶快跟我走，我有急事求你帮忙。"原来，毛泽东的妻子杨开慧快要临产了，来找李振翩去接生。李振翩带上接生用的药品和医疗器械，叫了一位助手随毛泽东赶到清水塘住处，顺利地为杨开慧接生了第一个孩子毛岸英。

⊕ 一个真正的人

胡兰畦曾以时尚俏女郎登上《良友》画报的封面，1930年，她赴德留学，加入共产党，其间被德国法西斯抓捕入狱，被战友设法营救出来，曾与著名学者、德共领袖莱曼相恋，并写作纪实文学《在德国女牢中》，此书使胡兰畦成为名扬欧洲的传奇作家。后来，胡兰畦赴苏联工作，深受文学巨匠高尔基的喜爱，高尔基称她为"一个真正的人"。

⊕ 袁世凯饭量大

袁世凯算得上是民国吃家的第一人,好吃清宫菜,更爱吃家乡河南的美食;袁氏娶了九房姨太太,其中还有三房朝鲜姨太太,其中多位都擅长做菜,包括苏菜、天津菜、高丽菜等等,也是有口福。

袁世凯饭量很大,快六十岁的时候,还能吃下整只鸡和鸭。袁氏信奉"能吃才能干"的信条,常把"要干大事,没有饭量可不行"挂在嘴边。

⊕ 中国拍 X 光片的第一人

1895 年 11 月 8 日,德国物理学家伦琴发现了一种穿透力极强的新射线,并定名为 X 射线,它打开了一扇通向身体内部"宫殿"的窗户。李鸿章在他的环球访问中有幸在德国拍摄了 X 光片,亲眼看到了留在左眼脸颊下的子弹,也因此成为中国拍 X 光片的第一人。

⊕ 两国总统的后裔联姻

袁世凯孙女袁家英的女儿叫李菲菲,她有很好的艺术天分,歌唱得非常好,大学数学系毕业。她说自己选择数学专业的原因是因为数学能给她逻辑思维,给她头脑。后来,她嫁给了美国第五任总统门罗的五代孙麦克,麦克是一位原子能发电厂的专家。这事《沈阳日报》曾有报道，说是"两国总统的后裔联姻"。

⊕ 一诺成夫妻

16岁的陈璧君为了追随汪精卫，成为加入同盟会的最年轻女性。汪精卫在一次暗杀行动失败被捕后，陈璧君给他的信中说："我们两人虽被牢狱的高墙阻挡无法见面，但我感到我们的真心却能穿透厚厚的高墙，你我两人从现在起在心中宣誓结为夫妻，你看好吗？"汪当即写下血书回答："诺。"

⊕ 阎锡山自拟挽联

阎锡山生前为自己拟定了一幅挽联：摆脱开，摆脱开，沾染上洗干净很不易；持得住，持得住，掉下去爬上去甚为难。

⊕ 军阀办学

民国时期，有的军阀也重视教育，例如：张作霖、张学良兴办东北大学；冯玉祥资办河南大学；狗肉将军张宗昌创建了省立山东大学；四川军阀刘湘创办重庆大学，

⊕ 黄埔唯一的冒名顶替生

郑洞国报考黄埔军校，但报名已经截止。他准备索性留在广州的营盘里当兵，下期再考。没想到他所住的旅店，老板也是湖南人，还住着很多来投考军校的同乡。郑洞国遇到从湖南临澧去投考的王尔琢、黄鳌、贺声洋，黄鳌告诉他，自己当初怕考不上，报了两次名，现在已经被录取了，还多出一个名额。"你要不要顶我的名字去考？"黄鳌给郑洞国出主意。郑洞国这时候也急了，顶着黄鳌的名字进了考场，最终通过了考试。入学后，真假黄鳌被分在一个队里，都是黄埔军校一期二队，教官一点名，两个人都说"到！"半个多月后，郑洞国跟校方主动承认了错误。后来经校方商定，既然学生都是抱着为国家献身的目的，考试也通过了，就把他的名字改了过来。

⊕ "私家定制"《顺天时报》

袁世凯爱吃肥鸭子、肥鲤鱼之类油腻的食物。此外，他每天还吃大栅栏张兴记的花生米，张伯驹买通伙计将当天反对袁世凯的《顺天时报》作包花生米的纸包，老袁吃光后看到报纸觉得不对劲，急忙拿来同日送到家里的那份拥戴他称帝的《顺天时报》，结果发现这份报纸是"私家定制"的。

⊕ 袁克定"粗茶淡饭仪如旧"

北平沦陷后,袁克定财产耗尽,生活日渐艰困,在颐和园租房子住。张伯驹与他时有往来,见他吃饭时,虽无鱼肉菜肴,只是以窝窝头切片,加上咸菜而已,但他依然正襟危坐,胸带餐巾,俨然还是当年"皇储"之时。张伯驹有诗:池水昆明映碧虚,望洋空叹食无鱼。粗茶淡饭仪如旧,只少宫詹注起居。

⊕ 挂银牌的鱼

袁世凯食量很大,除了每一顿要吃两个大馒头,一碗面糊涂,随时还要食用鹿茸粉。他特别喜欢吃鱼,特别是黄河鲤鱼,故乡河南天天进奉,吃不完的鱼,袁会挑大的,在鱼身上挂一个刻有"洪宪"字样的银牌,在中南海里放生。

⊕ 王赓是西点军校的光荣

陆小曼前夫王赓,是西点军校1918届第14名毕业的高材生,曾在孙传芳五省联军中担任过参谋长,以及炮兵指挥官、铁甲车司令等指挥职务。这在留美军校生中十分罕见。

1942年,他出任驻美军事代表团团员,在前往华盛顿途中因肾病逝世于埃及开罗,以军礼葬于当地军人公墓,年仅47岁。西点军校在悼词中写到,"从军事角度而言,王赓的事业并不成功。王赓一生坦诚、正直、爱国。他是西点的光荣"。

⊕ 北洋军仿效德军

民国初，德国在欧洲正处上升趋势，威震世界。故北洋军纷纷效尤德军，从教官选拔，至军队制服、操练步伐、检阅仪式……，无不向德国看齐。甚至德皇威廉二世的八字牛角须，也成为了袁世凯、曹锟、冯国璋……北洋军阀们蓄须的流行式样。

⊕ 何健生的"820"

"820"对何健生来说，是一个有特别纪念意义的数字：1937年8月20日，在中国空军第一轮出击上海日寇的空战中，何健生是执行轰炸任务中的一人；1942年8月20日，何健生轰炸越南河内日军使用的嘉林机场，在完成轰炸任务返航途中，飞机被日军击伤，何健生被俘，后引渡给汪伪政权；1945年8月20日，何健生参与策划组织汪伪政权的国府专机"建国号"起义飞到延安，这架飞机成为八路军的第一架飞机；1946年8月20日，何健生加入中国共产党。

⊕ 谜底便是"李白"

李宗仁是桂林西乡人，与白崇禧既是同学，又是同乡，两人惺惺相惜，亲密无间。李宗仁有勇，白崇禧有谋，在两人的主持下，新桂系一派崛起，颇为蒋介石所忌。据李、白二人的老部下程思远讲述，曾有人对他说过这样一个灯谜："是文人又是武人，是今人又是古人，是一人又是二人，是二人又是一人。"谜底便是"李白"（指李宗仁、白崇禧）。

⊕ 廖仲恺不娶小脚

廖仲恺的父亲是美国旧金山的华侨，临终前叮嘱儿子，一定要娶一个不裹小脚的女人，以免日后因为那双颤颤巍巍的小脚，遭到洋人耻笑。后来，廖仲恺回国发展事业，恰好在香港遇到年龄19岁，因为没裹小脚而婚事不顺的何香凝。这个恰好促使他们成为情投意合的绝配，这在中国近现代情感史上堪称罕见。

⊕ 最美的军统女特务徐来

徐来1909年出生于上海，小时家贫，几无隔夜之粮。她18岁那年已出落得俏丽动人，考入黎锦晖主办的中华歌舞专科学校。1933年，在明星影业公司主演了影片《残春》，一炮走红获得成功。徐来于抗战前嫁给国民政府军委会中将参议唐生明。1940年，她和女助手张素贞（军统有名女特务）随同被秘密派往南京打入汪伪政权卧底并收集情报告诉丈夫，令唐生明很兴奋，因为他搞到的情报尚不如他老婆多。如破获李士群精心策划的"中华旅馆绑架案"、通报日军将对苏中抗日军队和新四军进行突击扫荡的情报……，皆徐来亲力亲为。

1956年，唐生明去北京任国务院参事，徐来也返回北京定居，她于1973年辞世，享年64岁。

⊕ 宋楚瑜乃宋达长子

民国湖南湘潭人宋达，十岁时丧父，1930年14岁的宋达前往青岛，考进海军雷电班，入伍开始军旅生涯，中央陆军大学35期毕业，后受蒋介石的赏识而送往美国受训晋升中将。1942年3月16日，宋达的长子宋楚瑜出生，1949年，宋楚瑜随父迁往台湾。宋达死前把儿子宋楚瑜托付给蒋经国，担任蒋经国英文翻译。

⊕ 张作霖感谢教师

每年祭孔时，张作霖总会换下军装，穿上长袍马褂，跑到各个学校，向老师们打躬作揖，说"我们是大老粗，啥都不懂，教育下一代，全亏诸位老师偏劳，特地跑来感谢！"

⊕ 蔡锷巧对取风筝

蔡锷幼时与同伴放风筝，不料线断，坠入一知府花园。蔡锷翻墙欲取，遇知府曰："如果你能对得上我出的对子，风筝就还给你。"

蔡锷自信地说："对就对，你快出上联！"

知府忽见墙外又冒出几个小脑袋，他触景生情，马上吟出一句上联：童子六七人，无如尔狡；

这上联的意思是：在这六、七个孩子中，数你心眼最多。

蔡锷一听，立即对出下联：知府二千石，唯有公……

蔡锷故意留下一个字，不说出来，调皮地说："我已想好两个字，现在，由你来挑。如果你还我风筝，那就对'惟有公廉'，如果不还，那我只好对'惟有公贪'了。"

知府面对这一"廉"一"贪"的选择，当然将风筝送还给蔡锷。

⊕ 陈诚"三炮起家"

陈诚当炮兵连长时，陈炯明叛变，眼看着叛军要打进来了，老蒋把陈诚叫过来大骂：娘希皮的，你的炮都哑了吗？你这个炮兵连长怎么当的？赶紧去给我轰！挂了彩的陈诚不敢怠慢，跑到炮台一口气连发三炮，炮炮命中陈炯明的指挥所，老蒋大赞，于是陈诚便得了"三炮起家"的美名，大家都叫他"炮爷"。

⊕ 杜月笙援手章士钊

"九一八事变"后，东北沦陷，章士钊辞去东北大学的教职，南下去了上海，没有人聘他做教授。他留学英国时，主修政治和法律，兼修逻辑（"逻辑"这两个字是章士钊的翻译）。他的本行应是当律师，但是，他挂牌，没有生意，非常冷落。这个时候，杜月笙施予援手，聘他为私人律师，给他每个月一千块，霎时律师事务所极红火，迅速扩张，他每月收入过万，手下帮办，有二十多个。

⊕ 冯玉祥面试择偶

1923年，冯玉祥的夫人因病去世。很多姑娘四处托人介绍。冯打算通过面试选择配偶。面试时均询问对方：为什么和我结婚？回答多是"你的官大""你是英雄，我崇拜你"。其中一位叫李德全的姑娘答道："上帝怕你办坏事，派我来监督你！"冯听后心头一震，对她刮目相看，不久便娶了她。

⊕ 杨府第"十二钗"

国民党陆军上将杨森90岁大寿时，对四川同乡、国民党元老张群叹道："我这个人就是喜欢和年轻人在一起，这样才有朝气。"张群知他的心思是又想"一树梨花压海棠"，便笑道："那你再讨（娶）一个嘛！"就这样，17岁的初中生张灵凤被杨森以招募"秘书"为名，娶进府中，成了杨府第"十二钗"。不到一年，张灵凤居然为杨森生下最后一女，排行第43，一时海内外传为奇谈。

段祺瑞成全姨太太婚姻

段祺瑞素有"六不总理"之称,即不贪污肥己,不卖官鬻爵,不抽大烟,不酗酒,不嫖娼,不赌钱。治家却非常失败。

有天夜里,段祺瑞到院子里散步,正好撞到三姨太从外面归来。他完全没有想到自己的女人竟然打扮得像歌女,而且夜半归家。段祺瑞一怒之下,便照着三姨太的脸一掌打过去,吩咐张夫人将三姨太送回在北京的娘家。

送走了三姨太,不久四姨太的风流韵事又传了出来。原来四姨太还未做段祺瑞姨太太之前就有了意中人,嫁给段祺瑞之后还余情未了,经常与意中人幽会。让人想不到的是,段祺瑞听说此事后颇为冷静,并吩咐张夫人,要像嫁女儿一样,成全四姨太和意中人的婚事。段祺瑞让姨太太出嫁给情敌的事情,在当时传为一段佳话。

张治中不弃乡下妻

张治中是安徽巢县黄麓镇洪家疃村人,按当地风俗,张姓当与洪姓联姻。于是,张治中父母指腹为婚,为他订下了一个洪姓女孩。1907年,女孩洪希厚十七岁,过门成亲。洪希厚不识字,但贤惠勤劳,过门后担负了养老抚小的家庭重担。数年后,公婆去世,她带着年幼的小叔子,回到娘家,艰难度日。张治中深知妻子的贤德,功成名就也始终不离不弃。有人见洪希厚是个没有文化的乡下人,劝张治中另组家庭,张治中皆以"她是我孩子的母亲"婉拒。

⊕ 陈公博赌咒一语成谶

陈公博风流倜傥，每有报载其艳闻，夫人则严责追问，陈公博以毒咒申辩：如有外遇，必不得善终！有人问人，何以出此恶咒？陈曰："报上所载是否属实，姑且不论，纵有其事，亦无妨。吾革命党人，随时准备牺牲，当然不得善终，赌咒与否，有何区别？"不料，一语成谶！

⊕ 陈明仁顶撞蒋介石

1941年冬，蒋介石到昆明，路过碧鸡关时，公路两边许多士兵正在修筑工事，蒋介石停车下来，看见干活的士兵的服装十分破旧，有的棉衣还露出棉花，就问："这是谁的部队？"有人答："陈明仁的部队。"蒋介石很不高兴，让人通知陈明仁来见他。陈明仁匆匆赶到昆明，直接去见蒋介石。一见面，蒋介石开口就说："子良，你这个师长没当好呀！"陈明仁不知就里，反问："我怎么没当好？"蒋介石说："你的部队衣服破破烂烂，像个什么样子！给盟国人员看见，有伤军容！"陈明仁回答："衣服两年一发，可是只穿一个月就破了，而且去年发给我们的还是旧的，你发什么，我们就穿什么。"

蒋介石没有想到陈明仁会如此争辩，他大声嚷道："你竟敢这样顶撞我，我马上把你关起来。"陈明仁毫不退让，说："我犯了什么罪？莫说关起来！就是杀头我也不怕！"一边说，一边将中将领章撕下来往蒋介石的桌前一丢说："这个中将我不当了,你要怎么办就怎么办吧!"蒋介石气得脸色发白。

⊕ 陈明仁糟糠之妻不下堂

陈明仁1903年出生于湖南醴陵一个普通农家。13岁那年,他便在父母的安排下,与邻村女子谢芳如成婚。谢芳如大他一岁,没文化,但通情达理,两人感情日渐深厚,并育有两个儿子。

一天,宋美龄登门造访,有意将廖仲恺先生的女儿介绍给陈明仁,陈明仁不为所动,以家有妻儿为由委婉拒绝。不久,蒋介石又专程派人前来说媒,并暗示这桩婚姻对其事业的重要性。陈明仁这次正色拒绝道:"我不做陈世美,中国早有糟糠之妻不下堂,贫贱之妻不能忘的古训!"后来蒋介石因此事觉出陈明仁志虑忠纯,才堪大用,从此把陈明仁视为自己的嫡系将领。陈明仁一路平步青云。

1950年4月,谢芳如辞世。在妻子的追悼会上,陈明仁双膝跪地,声泪俱下地读着亲写的挽词:"千里归来,竟艰一诀,从此音容长杳,除非梦里相逢。卅年恩爱,永矢同心,若论伉俪深情,敢谓世间少有。"据陈明仁的孙子回忆,从不流泪的陈明仁,在谢芳如去世后哭了整整3天。

⊕ 戴笠忌讳"十三"

戴笠对数字"十三"非常忌讳,他的生日是农历八月十三日,他特意改为"十四日"。一次,戴笠在西安与"西北王"胡宗南打麻将，打到十二圈时，戴笠不想打了，但胡宗南玩性正浓，戴笠又抹不开"面子"，便佯装肚子疼。胡宗南信以为真，连忙叫来军医。结果，戴笠看到军医背的药箱上印有"十三"字样，连忙将那军医骂走。戴笠在西安霸占了杨虎城军需长王维之的一栋别墅，当他看到门牌号是"十三"时，立刻火冒三丈，叫来西安市政局局长肖绍兴吼道："谁定的这门牌号？"肖绍兴战战兢兢地说："您这房子确实应该是玄枫桥十三号啊？"戴笠怒吼："什么叫确实，什么是应该，你给我改为十四号！"

⊕ 阎锡山的"种能洞"

阎锡山到台湾后，很想念黄土高原上的窑洞，于是就用水泥，在阳明山旁的菁山上建了两个窑洞，并命名为"种能洞"。在窑洞里，他把部属们召集起来像往日一样开会，并加以记录。

⊕ 胡宗南不想去台湾

在花莲，当自杀的念头闪过后，胡宗南对他的部下说："我们不应该到这里来。"此时，面对浩瀚的太平洋，他仍对自己的部队念念不忘。在他的第一军中，许多将官都是他一手从王曲军校带出来的，而这些人大都已在川西零落殆尽。

根据王曲军校学生徐枕的说法，胡宗南原本是打算留在西昌的，当时蒋介石让他飞往台湾，但是他不肯走，而是对部下说:"今天我跟你们喝一杯,送你们走。"最终,胡宗南是被部下"拉"上飞机的。

⊕ 何应钦晚年养兰花

何应钦晚年不能忘怀的,是家乡的山水和兰花。于是,他用双手摆出贵州老家的景色,请张大千给他画了一张家乡山水画,还养了 200 多盆兰花,每有兰花展,他一定前往观赏。95 岁生日那天,何应钦很高兴地拍了很多照片,说要把这些照片寄给家乡人看看。1987 年 10 月 20 日,他的血压突然下降,第二天上午在台北荣民总医院去世,终年 99 岁。

⊕ 于凤至一直深爱张学良

张学良妻子于凤至一直深爱着丈夫,但突然来了一位叫"赵四小姐"的情妇来沈阳找张:跪求接纳,终生不要名份。1940 年,于凤至乳腺癌赴美治病。20 年后,张和赵四结婚,于凤至被迫离婚。1990 年 3 月 20 日,于凤至在美国病逝,财产留给 50 年未见的丈夫,墓旁留一空墓给张学良。

⊕ 段祺瑞棋坛佳话

民国的段祺瑞,生平有一特殊嗜好,就是下围棋。因为他执掌重权,人见人怕,那些同他下棋的常客,都会不露痕迹地让着他，所以他很少输棋。

平心而论，这位北洋之虎，围棋下得确实有水平。在围棋界最为人称道的一件美谈，就是段祺瑞资助了吴清源。

吴清源在11岁时，有人引见他同段祺瑞下棋，少年不知天高地厚的他，把段祺瑞杀得大败，导致段祺瑞生了一天闷气，不愿见人。不过，段祺瑞输棋后却做事大方，此后每月资助吴清源一百大洋学费。有了这相当于今天万元的月薪，吴清源救了全家。后来，段祺瑞又资助了吴清源东渡日本学棋。1934年，已经成为日本"昭和棋圣"的吴清源回国。他不忘故旧，造访段祺瑞，一个是风华正茂的青年，一个是老态龙钟的老人，两人相遇，感慨万千。他们再次纹枰对坐，手谈一局，结果吴清源"意外"地以小败终局。段祺瑞心中当然明白其中的意义和情分。

⊕ 玉帅部下哪个不穷

抗战胜利后，杨森将军在北平观光，忽一日有衣衫不整之人求见，竟是原吴佩孚部将，当年与刘玉春一同死守武昌的北洋师长陈嘉谟。陈生活极端困苦，请求杨森帮忙。杨询问陈，为什么不找原吴佩孚的其他旧部相助？陈苦笑道：玉帅的部下哪个不穷啊！

⊕ 孙立人将军的"小楼之恋"

黄美之（1930—2014），旅美作家，学名黄正。出生于湖南长沙，南京金陵女大历史系肄业。1949年初到台湾时，曾短期任抗日名将孙立人将军英文秘书，当时黄20岁，孙50岁。

情缘的发生似乎就在一瞬间。那天，孙立人和黄美之坐在公馆的荷花池边，孙立人突然若有所思地说："我替你取了一个英文名字，little，意思是'小'，音译成中文，里面还含有我的名字（英文little，第一音节与孙立人的名字同音）。"黄美之非常惊讶，一位南征北战，满脑子枪炮子弹的军人，竟会有如此细腻的心思！她为此感动。孙立人看着她，伸出一只手紧紧握住了她的手。在谈到那是怎样的情感时，黄美之直言："我觉得自己醉了，爱情一点就燃。他是个成熟的男人，而我对爱情充满幻想，事情就这么发生了。"

1950年，黄美之因"泄露军机罪"，蒙冤坐牢整整10年。而孙立人在1955年8月，因被蒋介石父子怀疑阴谋发动政变，被革除一切职务，长期软禁。直到1988年3月，才解除长达33年的监禁。1990年，孙立人辞世。2010年7月，80岁的黄美之出版《烽火俪人》一书。她说，孙立人去世多年后，她才冷静写下"我所知道的那位将军的另一面"。

⊕ 陆荣廷枪法神准

1916年，陆荣廷到北京办事，段祺瑞在家设宴款待。酒到半酣时，段祺瑞向众宾客介绍陆荣廷的枪法神准，并请他当众表演。陆荣廷说："年轻时练枪法，我可以射水里的游鱼。现在老了，姑且用那老掉牙的枪法来献丑吧。"说罢，走到庭院中，对着一缸金鱼向众人说："先打那条凤尾的。"

只听"砰"的一声响,鱼死,缸破。那缸鱼是段祺瑞的心爱之物,但在客人面前段祺瑞不好说什么,等客人走后,段祺瑞大骂陆荣廷"野性难改"。

⊕ 段祺瑞欠债

段祺瑞生命的最后十年,十分穷困,甚至因为欠人家七万块钱,还不起,被告上法庭。他笃信佛教,一生没有房产。生活上一直靠蒋介石救济。

⊕ 韩复榘不是大老粗

侯宝林的相声《关公战秦琼》,讽刺韩复榘和他父亲一定要让山东人秦琼战胜关公。而相声在当时民间的影响力、传播力是极强的。但韩复榘并不是山东人,是河北灞县人。韩复榘的文化修养其实是很高的,大连大学师范学院原名誉院长于植元曾说,他跟侯宝林提过意见,要求修改《关公战秦琼》,认为韩复榘虽是军阀,但也是学者。他的古文字学、音韵学的修养很深,诗写得好,字也不错。梁漱溟评价他"对儒家哲学极为赞赏,且读过一些孔孟理学之作,并非完全一介武夫"。但因为是"军阀",所以就似乎必须要跟没文化联系上,关于他的很多段子,其实是把军阀张宗昌的事情张冠李戴了。

⊕ 世人漫道民生苦，苦害生民是尔曹

　　吴佩孚一生饮食起居简单，吃面食、米饭，每餐只喝少许山东黄酒和绍兴酒。1924年，从英国留学归国的钱昌照，曾记述与吴佩孚初次见面的情景：吴穿着布衣布鞋，白薯屑落了一身，招呼钱一起吃烤白薯，还大谈自己的做人哲学。1927年5月的一天，吴佩孚率卫队逃往四川经河南邓县构林关，受到当地头面人物的热情款待。面对满桌酒肉，吴佩孚说："免了吧！战火连绵，百姓不得温饱，我们还要这么多菜干什么？"只留下四个小菜，其余全叫人撤下。本来，吴佩孚定于第二天清早开拔，可地方绅士纷纷前来求字求诗，他大发雅兴，欣然应允，即席撰写了多首诗。在赠给乡绅杨星如的诗中，有："天落泪时人落泪，哭声高处歌声高。世人漫道民生苦，苦害生民是尔曹。"

⊕ 吴佩孚不做"中国王"

　　1938年，日本侵略者决定把华北伪政府和伪南京政府合并为一个汉奸政权，土肥原贤二又拉吴佩孚做"中国王"，在什锦花园安排记者招待会，中外记者也已经读到了打印好的"吴氏对时局的意见"。但吴佩孚身着中国绅士装束，放下打印稿，义正词严地说：惟"平"方能"和"，"和"必基于"平"。本人认为，中日和平，惟有三个先决条件：一、日本无条件自华北撤兵，二、中华民国应保持领土和主权之完整，三、日本应以重庆（国民政府）为全面议和交涉对手。

怕在场的日本人听不懂，他厉令秘书"断乎不容更改"地将自己最后的"政治宣言"翻译成日语。

1937年，听到南京大屠杀的消息后，他绝食一天，以示抗仪。1938年6月9日，国民党军炸开花园口黄河大堤，听说淹死许多日本人，他异常高兴；后又听说有140万人无家可归，他又为此失声痛哭。

⊕ 吴佩孚自撰对联

吴佩孚曾自撰对联总结一生：得意时清白乃心，不纳妾，不积金钱，饮酒赋诗，犹是书生本色；失败后倔强到底，不出洋，不走租界，灌园怡性，真个解甲归田。

⊕ 沈峻即沈崇

丁聪夫人沈峻因肺癌于2014年12月11日晚去世，享年87岁。沈峻祖籍福建闽侯，出身望族，其外公是近代著名文学家、翻译家林琴南，曾祖父沈葆桢，系林则徐的女婿，清末创建南洋水师的两江总督兼南洋大臣。

沈峻，即1946年"沈崇事件"的女主角沈崇。

"沈崇事件"后，沈崇迫于压力，改名沈峻，回到上海，考入复旦大学，毕业后，分配到北京对外文委宣传司，当时沈峻的上海同学丁一薇也来到了北京，她正是丁聪的妹妹。由丁一薇的关系，沈丁二人相识，并熟络起来，最终在《人民画报》(即当时丁聪供职单位)负责人的撮合下，1956年，二人走到了一起。

⊕ 孙文原配卢氏

1915年,孙中山与宋庆龄在日本相爱。其时孙中山已与卢氏成亲,孙中山反对纳妾,于是征求卢夫人意见,是否同意离婚,并申明离婚的理由。卢夫人在回信中写了一个"可"字,同意离婚,并对友人说:"我常识唔够,更唔识英文,我又缠脚,行动也不便,我怎可以帮到先生呢?"一字一句,令人动容。

⊕ 方志敏灭亲

1924年3月,方志敏入中国共产党,并于次年在弋阳建立农民协会,领导农民运动。他的五叔方雨田是地主,带头反抗农民运动,方志敏遂带领全村贫雇农,手拿铁叉、锄头,包围了他的大院,将其抓住。当时,方志敏的祖母和父亲都为其五叔求情,但他还是坚决下令处死了方雨田。

⊕ 陈璧君撕毁英国护照

同盟会在1908年以前多次起义均遭失败,内部竟因此发生分裂,外部压力也陡然增加,梁启超讥讽孙中山等人为"远距离的革命派"。汪精卫愤不可忍,写信给孙中山:"盖此时团体溃裂已甚,维持之法,非口舌所能弥缝,非手段所可挽回,要在吾辈为事实上之进行。"为洗刷屈辱,提振士气,汪氏毅然与陈璧君、喻培伦等人北上实行暗杀。北上之前有一小插曲:有人跟陈璧君开玩笑,说"你有一张英国臣民的护照,当然不怕死,到关键时刻,将英国护照一抛,英国领事馆自会来救你"。陈璧君当即拿出护照,撕个粉碎。

⊕ 胡宗南看不上孔二小姐

在国军的高级将领中,胡宗南结婚非常晚。人家想给他介绍对象,他总是说"国难当头、何以为家",拒绝别人的好意。

孔祥熙、宋霭龄夫妇曾动脑筋要撮合他与自己女儿的婚事。这件事进展到了相亲的阶段。根据通行的故事版本,孔家的二小姐孔令伟亲自去了西安,打算与胡宗南见上一面。胡宗南事先到戴笠那里去摸了摸对方的底,听说孔二小姐是个爱胡闹的,心里就有几分不喜。等孔令伟到了西安,胡宗南就乔装改扮,到她下榻的旅馆微服私访了一番,结果发现孔二小姐一身男装,口里叼着香烟,手里牵着狼狗。胡宗南一看,干脆连面都不要见了。这段婚事就此无疾而终。

⊕ 谭延闿母出身侍妾

茶陵谭延闿,乃清末进士、民国大佬,但其母丫环侍妾出身,地位低微,每于吃饭时,只能站立一侧,替人添饭递水。1916年，谭在湘督军任上，闻母病逝，急赴上海扶柩返回长沙。出殡经过菏花池谭家祠堂，族人以谭母侍妾身份，不得从正门过，阻拦之。谭延闿便仰躺于棺木上，大声曰：谭延闿已死，快让我出殡！族人无奈，只得让谭母棺柩从正门过。

⊕ 谭延闿不背亡妻

谭延闿妻早逝，临终前嘱咐：带好子女，莫让子女受委屈，不再婚娶。谭对妻子遗嘱一直信守不悖。宋美龄从美国回国，孙中山有意将宋美龄介绍给谭延闿，谭以"不能背亡妻"之由婉拒。后来，谭反而成了蒋介石与宋美龄的介绍人。

谭女儿谭祥，在美国与宋美龄同学。谭病中，嘱请蒋夫妇代为女儿择夫，谭去世后，蒋夫妇便将谭祥介绍与陈诚结婚。

⊕ 曹汝霖施舍棉衣

五四运动后，曹汝霖没再任过要职，也没有东山再起的企图，而是热衷于慈善活动。每年冬天，曹家都向拉洋车的车夫施舍100套棉衣。施舍的方式也比较特别，每次由家里当差的抱着几套棉衣出门，看见街上有衣不蔽体的车夫，便雇他的车，拉到僻静的小胡同，叫车停下来，施舍给车夫一套，然后再去物色下一个对象。据说这个办法可以避免棉衣被人冒领。曹家还经常向人施舍棺木。

⊕ "亲日派"曹汝霖不当汉奸

抗战爆发后,曹汝霖曾公开表示,要以"晚节挽回前誉之失",不在日伪政权任职。而当年的北大学生,在火烧赵家楼事件中冲在前面、放了第一把火的梅思平,抗战期间却堕落为一个大汉奸,出任过汪伪政权的组织部长、内政部长、浙江省长等要职。

⊕ 康有为四姨太的不伦恋

1911年,康有为流亡日本,雇了一个16岁女佣人市冈鹤子,康对她很好,日久生情,就把她娶为四太太,带回上海。可鹤子后来却与年龄相当的康有为儿子有了感情,并怀了他的孩子,觉得无颜相见康有为,偷偷跑回日本,将孩子生了下来。鹤子在日本隐名埋姓了五十年,直到临死前,才向世人宣告她与康有为以及儿子之间的爱情故事。1974年2月19日,鹤子在日本卧轨自杀身亡,后来,鹤子的孩子凌子,根据母亲留下的信物找到了康有为的家人,并与其家人取得了联系。

⊕ 那是写给老百姓看的

抗日战争时期,美国记者安娜丽·贾克贝到当时的陪都重庆采访。宋美龄在美国结识过她,一天采访结束后,她们在重庆一家不知名的小酒店里吃午饭。席间,宋美龄忽然发了烟瘾，她从自己的小挎包里，取出了两枝香烟请美国记者来吸。贾克贝正想吸烟的时候，忽然发现酒店的墙壁上贴着一张标语，上写："爱国的中国人不吸烟，耕地要为抗战生产粮食！"于是，贾克贝谢绝了宋美龄递上来的香烟，可是宋美龄居然照吸不误，她不以为然地说："这都是给老百姓看的。"贾克贝回美国后，以《蒋夫人在重庆酒馆里吸烟》为题，报道了宋美龄喜欢吸烟和她在酒馆面对墙壁上的宣传标语所说的话。蒋介石看到美国报纸以后，对宋美龄大发雷霆，要求她必须马上把烟戒掉，可是宋美龄不但没有戒掉，而且从此吸得更加勤了。

⊕ 风雨一杯酒，江山万里心

承袭衍圣公封号的孔德成父母早逝后，两个姐姐就是他最亲的亲人，孔家请了6个先生专门教他们姐弟三人。在孔德成的日记中，几乎每天都会提及他和二姐孔德懋在一起游戏、作诗、读书的情景。

在大陆，如今已93岁高龄的孔德懋实际上承续孔氏家族衣钵，成为惟一一位终身全国政协委员。

1990年，孔德懋获知弟弟在日本讲学，便在日本友人的帮助下，来到孔德成讲演的地方，等候在他讲演完毕之后必须经过的走廊里。在异国他乡，姐弟俩终于见面了。片刻惊讶，两人抱在一起，痛哭失声。

孔德成去世后，孔德懋在一篇文章里写道："我17岁出嫁到北京，是弟弟德成送我上花轿的，临别时，他用孩子般的口气说：'二姐，只剩下我一个人了，你要常来看我啊。'

我走后,他孤子一人在孔府,弟弟伤感时给我写过一首诗,我至今仍能背诵:黄昏北望路漫漫,骨肉相离泪不干。千里云山烟雾遮,搔首独听雁声寒。"后来,孔德成在台北为二姐题字:风雨一杯酒,江山万里心。

⊕ "裙带花"向影心

向影心原为西北军团长胡逸发的三姨太,后被戴笠相中,进入军统,并给她起了一个暗名,叫做"裙带花"。向影心凭借美艳风情,参与了收买杨虎城部将、毒杀汉奸殷汝耕等间谍工作。后来,戴笠将她嫁与毛人凤,但仍以"个别谈话",保持私密关系。对此,毛人凤睁一只眼闭一只眼地忍。1946年,戴笠飞机失事后,毛人凤终于实施报复,将她送入精神病院。

新中国成立的前夕,向影心被家人带去了香港。一次,蒋介石对毛人凤谈话时,特地提到向影心,说她不可小看,为"党国"做了一些好事。

⊕ 左舜生的"恶作剧"

在重庆林园,一次欢迎美国华莱士副总统的宴会上,吴国桢任宾主两方的翻译,历史学家左舜生的座次刚好在吴太太黄卓群的正对面,左舜生看看吴、看看黄,觉得他俩真是天造地设的佳偶,就从口袋里掏出一张名片,用钢笔写下吴梅村《圆圆曲》中的两句诗:"白皙通侯最少年,拣取花枝屡回顾"，交给邻座的一位朋友，这位朋友要了他的笔，顺手在上面批了"恶作剧"三个字交还他，然后两人相视一笑。

⊕ 梁启超深为李鸿章怜

梁启超对李鸿章评价道："李之外交术，在中国诚为第一流矣，而置之世界，则瞠乎其后也。……以中国今日之国势，虽才十倍于李鸿章者，其对外之策，固不不得隐忍将就于一时也。此吾所以深为李鸿章怜也。"

⊕ 袁世凯骗过冯国璋

1915年春，坊间传闻袁世凯欲称帝。6月底，冯国璋进京劝阻。袁痛切否认，诚恳言之："华甫，你我是自家人，我的心事不妨向你说明。我现在与皇帝有何区别？我大儿身有残疾，二儿想做名士，三儿不达时务，为子孙计，也绝不会为帝。"冯深以为信，即向各大报宣布帝制为谣言。一月后，冯才知道被老袁骗了。

⊕ 阎锡山：中国精神在乡村

泰戈尔问阎锡山："您说中国是'中道文化'，我们此行经上海、天津、北京，为什么概见不到一点'中道文化'的痕迹呢？"阎锡山回答说："不只上海、天津、北京找不到，就是太原也找不到,你们想要找,去乡村可以找到一点。"

⊕ 宋庆龄养女隋永清

1957年年底,宋庆龄的警卫秘书隋学芳的大女儿隋永清出生。知道宋庆龄喜欢小孩,隋学芳就把襁褓中的女儿抱到宋庆龄面前。谁知,宋庆龄正高兴时,突然觉得一阵温热,原来是孩子撒尿了。周围的人大吃一惊。大家都知道,宋庆龄是特别讲卫生的人,几双手同时伸过来,要从宋庆龄的怀里把孩子抱走。没想到,宋庆龄坚决不让别人插手,连声说道:"别动!让孩子尿完,不然会坐下病的。"

一尿引起了宋庆龄的怜爱之心,她觉得同这个孩子有一种亲密的缘分,便提出收养这个女孩。从此,隋永清就留在宋庆龄身边。

⊕ 洗五十打

在全国政协第一次会议上,毛泽东和陈明仁在祈年殿前合影。陈明仁要把照片洗十打。毛泽东谈笑风生,幽默地说:"少了,洗五十打吧。"

⊕ 张静江资助孙中山

张静江钦佩孙中山革命胆识,初晤面即曰:"君如有需,请随时电告，余当悉力以应。"他还与孙中山约定汇款的暗号：A、B、C、D、E，分别代表1、2、3、4、5万元。当时因萍水相逢，孙中山对其言语并不信以为真。分手之时，张静江留给孙中山一封信，让他到美国后去找纽约市第五街566号他所开办的通运公司，领取资助革命的活动经费3万元。至美国后，孙把信交与黄兴，让其办理，以探真假。结果钱分文不少，如数领取。

⊕ 大璞未完总是玉，精钢宁折不为钩

黄埔军校成立伊始，蒋介石以校长、特别党部的名义下文，直接指定各党小组长，还规定党小组长每周直接向校长书面报告党内活动及工作情况。共产党员身份的宣侠父抗议蒋介石企图以军权代党权，违背了孙中山"以党治军"的原则。蒋介石命令宣侠父写出悔过书，否则将开除出校。宣侠父不仅不写，三天后还愤然离开了军校。临走时，给同学留言："大璞未完总是玉，精钢宁折不为钩。"

⊕ 落榜黄埔　女生气死

1926年11月底，武汉政府决定，在开办黄埔军校武汉分校的同时，招收女生入学。原打算只招四五十人，但报名太多，国共两党大员写条子太多，实际录取了一百九十五人。

当时三十名四川籍女子参加复试，有二人落榜，其中名叫柯银珠的，因落榜竟活活气死了。

⊕ 严重隐居

1930年,严重回武汉看望生病的妻子。蒋介石拟授严重冯阎大战军事总指挥,并授上将军衔。为表诚意,老蒋让人把上将军服都带去了,但遭拒绝。严重回到庐山,在草庐的墙壁上贴满标语:"不耕而食、不织而衣者皆自然界之扒手,社会之蟊贼也!"

⊕ 宋庆龄称孙中山"Dr. Sun"

有一次,孙中山指着何香凝对宋庆龄说:"你看'巴桑'多么朴素。你应该以她为榜样。"宋庆龄温顺地微笑点头。孙中山是个严肃的人,对宋庆龄来说,他更像一个老师,她一直都称他"Dr. Sun"。

⊕ 杜聿明怕"共产"入国民党

杜聿明在黄埔学习时,同时收到加入国共两党的登记表。他想,"共产"这两个字,可能是要把家里的财产归大家所有,再说,国民党是孙中山的党,不会有错的,于是就填了国民党的那张表。他没想到,和他加入国民党差不多的时间里,他的妻子曹秀清却在陕西榆林中学加入共产党。

⊕ "三位煮鸡，萝卜大葱"

六十年后的黄埔军校纪念活动中，李默庵、宋希濂等人回忆，开学那天？有两件事记忆犹新。一件是操场前头搭起了台子，台正中央挂着军校校训："亲爱精诚。"两边还挂着一幅对联："养天地正气，法古今完人。"孙中山那天穿着白色的中山服，戴一顶白通帽。宋庆龄很优雅地站在孙中山旁边，白衣黑裙，美如天仙。另一件是胡汉民用广东话宣读"总理训词"："三位煮鸡，萝卜大葱"，硬是听不懂内容，事后看贴在墙上的训词，才恍然大悟："三民主义，吾党所宗。"

⊕ 陈其美五岁识字两千

陈其美，字英士，自幼随母读书，五岁能识两千多汉字，进入私塾一念就是七年。王一亭为这个小神童作画《英士群戏图》，题道："嬉游野烧已如炎，拊此方知智勇兼；迥异群儿能了了，养成大器不烦占。"

⊕ 张勋无奈救姨太

光复南京时，革命党人抓住了张勋的三姨太小毛子，以此跟辫帅讨价还价。陈其美告诉张勋，他准备把小毛子送到上海张园关进笼子里，卖票供人参观，以此筹集经费。张勋丢不起这个脸，只有乖乖就范，用了近一百节客货列车车厢，才把自己的女人换回去。

蒋纬国与夫人长期分居

1940年，蒋纬国与西北富豪石凤翔之女石静宜喜结连理，后石静宜因难产于1952年去世。5年后，蒋纬国与一位名为邱爱伦的中德混血儿结婚，1962年生子蒋孝刚。虽然二人感情不错，但却长期分居，邱爱伦住在美国，并常与宋美龄过往。蒋纬国则独自一人在台，过着孤寂的生活。

开国大典小插曲

1949年10月1日，北京天安门广场即将举行开国大典。那天，天安门周围很安静，大家都屏住呼吸，等待庆典开始。天安门广场上人山人海，有几十万人，一片肃静，突然，不知从哪儿窜出一只小狗，从王府井那一侧跑出来，穿过整个广场。大家都喊了起来，快抓住它，这是蒋介石在逃窜，大家一叫，小狗吓得跑得更快了。后来，苏联作家西蒙诺夫把这件事写进了他的报道中。

夫妇生死相随

郭松龄倒奉失败后不忍独自逃生，一路陪着夫人，结果落得夫妇双双被俘。张作霖为防再生变故，下令就地枪决。

郭松龄临刑遗言："吾倡大义，除贼不济，死固分也；后有同志，请视此血道而来！"郭夫人则慷慨表示："夫为国死，吾为夫死，吾夫妇可以无憾矣。"

⊕ "飞将军"蔡锷

唐德刚曾在《民国前十年》里转述李宗仁所描述的蔡锷，"蔡锷在广西陆军小学期间（李是他的学生），蔡氏每次乘马的方式都不是'翻鞍上马'，而是自马后飞奔，以跳木马的方式，飞上马背，所以校中师生都以'飞将军'呼之，举一反三，足见蔡之光彩也。"

⊕ 海明威抗战时访重庆

1940年11月，海明威与第三任妻子玛莎·盖尔霍恩新婚后，抵达重庆。

在美国大使的安排下，海明威夫妇与蒋介石夫妇见面。这次见面，蒋介石一反常态地摘掉了自己的假牙，还亲自站在大门口迎接。

摘掉假牙的蒋介石，给海明威夫妇留下了深刻印象。玛莎这样形容她眼中的蒋介石，"他长得消瘦，腰板挺直，身着朴素的灰军装，无可挑剔。他看上去像涂过防腐剂，面色发黄。我不喜欢他，但对他比较同情。他一颗牙齿都没有。"

蒋介石以家宴的形式招待了海明威夫妇。交谈了一个下午，宋美龄兼任翻译。

海明威夫妇没想到的是，他们还接到邀请，与周恩来进行了秘密会面。他们直接用法语交谈。

玛莎后来回忆道："周恩来身穿一件开领短袖白衬衫、一条黑裤子和一双便鞋……他坐在四壁如洗的地下室里，但他是一个伟大的人物。"

4月14日，在海明威夫妇离开重庆的前两天，重庆各界举行了一个招待宴会。宴会安排演奏中国民乐《阳关三叠》《蜀道难》和《十面埋伏》，分别寓意送别将"西出阳关"的海明威夫妇和抗战虽如蜀道之难，但中国军民英勇战斗，侵略者将陷入十面埋伏，遭到灭顶之灾，人民一定会取得胜利。

⊕ 蒋介石误将车祸作炮伤

金门八二三炮战发生后，台湾第10师少将师长马安澜在金门车祸受伤，回到台北陆军第一总医院治疗，蒋介石以为他是作战受伤，要去医院看他。某天下班前，蒋交代："等一下我们到陆军医院看看马安澜。"

马安澜曾在西安事变中护卫过蒋，但此次本来只是一名普通病患，蒋这么一交代，医院上上下下都很紧张。那天，蒋介石到医院看到马安澜整个脸都被纱布包起来，便交代邹济勋院长："你用最好的药，请最好的医生，帮他治疗，再回报。"隔天，蒋问："马师长好点没有？"还派武官去医院看了两三趟。马安澜康复后，一路升到"陆军总司令"。之所以如此，是因为蒋介石一直以为他是在炮战中受伤。

⊕ 蔡锷的减薪

1911年10月31日,"大中华国云南军都督府"正式成立,蔡锷当上了云南军都督。可云南地远财困,素来是吃国家财政的。该省每年支出是六百多万两银子,而本省财政岁入仅三百万两,一革命后得自己当家,这个大缺口如何补上?

1912年1月,蔡锷都督云南开局之年正月,蔡锷宣布:"……酌减经费,以期略纾民困,渐裕饷源。"

蔡锷的减薪,首先是从自己减起,他是一把手,却跟二把手三把手一个样,二把手能不服?蔡锷减工资,最底层的人是不减的,他在下发的文件里白纸黑字写明:"弁护目并匠夫,饷银仍照旧章支发。"这里可知,蔡锷降薪,降的是自己,是大官、中官之薪;小官与无品的公务员,他是不降的。底层公务员工资并不高,若把他们也"革"了,那革命的意义何在?

⊕ 张自忠夫人悲绝而死

张自忠殉国,年仅49岁,夫人李敏慧闻耗悲痛绝食七日而死,夫妻二人合葬于重庆梅花山麓。

⊕ 薛岳看不起白崇禧

在台湾的军阶中,特级上将只有蒋介石一个人,"独此一家,别无分号";然后,四颗星的是一级上将、三颗星的是二级上将。薛岳资历虽然很深,可是他到台湾很长时间都一直是三颗星,直到 1965 年才升为四颗星。而何应钦、白崇禧早就是四颗星了。薛岳侄儿薛维忠回忆说:"大伯最看不起的人就是白崇禧,他觉得白崇禧是败国民党之功臣。不知道大陆这边的杂志,为什么还称他为'小诸葛'?"

⊕ 周作人向毛润之问好

1940 年,李大钊的女儿李星华要去延安寻夫并投奔革命,在贾植芳(诗人,李星华的小叔子,后来成为著名的胡风分子)与周作人的帮助下得以成行。临行前周作人对李星华说:

"延安我不认识什么人,只认识一个毛润之,请你给他带好。"

⊕ 恨不抗日死,留作今日羞

1934 年 11 月 22 日晚,北平军分会对吉鸿昌进行"军阀会审"。11 月 24 日,蒋介石密电下令对吉鸿昌"就地枪决"。

就义时,吉鸿昌就像平时出门遛弯儿一样从容走向刑场,走着走着他忽然停了下来,捡起一根树枝,在刑场的土地上挥手写下了"恨不抗日死,留作今日羞。国破尚如此,我何惜此头"的就义诗。

⊕ 张学良晚年避谈杨虎城

杨虎城孙杨瀚两次见到张学良。第一次是1999年6月6日,在夏威夷的一家教堂门口,杨瀚带着女儿杨好好见到了坐在轮椅上的张学良,听到这是杨虎城的后人,张学良一怔,然后就说"你好、你好",便再也没说什么了。第二年,杨瀚再次赴夏威夷参加张学良的百岁寿诞。这次希望带点什么回去的杨瀚说:"他根本就不想谈,没有谈话的意思。后来我们就一直在祝寿等公共场合,我没有机会与张学良谈具体的问题。张学良也没有向我提及他与祖父当年的往事。"

⊕ 毛泽东惟一诗悼的国军将领

1943年3月,毛泽东在延安曾写一首《五律·海鸥将军千古》:外侮需人御,将军赋采薇。师称机械化,勇夺虎罴威。浴血东瓜守,驱倭棠吉归。沙场竟殒命,壮志也无违。

这位被毛泽东称为"海鸥"将军的人,名叫戴安澜,号"海鸥"。他是惟一获得毛泽东诗悼的国军将领。

红尘碎影

⊕ 最早的空姐

1929年，美国寇蒂斯·赖特航空公司与中国国民政府合作，成立了中国首家民用航空公司——中国航空公司（中航）。当时，客机上没有空姐。1938年1月，中国民航才出现空姐，全国只有六名。

据《申报》载，招收空姐条件颇严，欧亚航空公司（央航）的条件是：相貌端正女性，年龄20～25岁，身高1.5～1.7米，体重40～59公斤，能讲国语、粤语、英语，并能够用中英文书写。

那时候，飞机上配备空姐极少，大型客机有两名，其他飞机则只有一名，所以，到1948年，中航空姐仅二十人，加上央航也不过几十个人。

⊕ 一百五十斤柴只换一两盐

湖南浏阳一个叫颜允友的回忆说："1945年日军侵华期间，食盐不仅贵，且买不到。当年5月，日军离开了湖南浏阳达浒镇。我和父亲各担一担柴去镇上卖。他担了130多斤，我只能担20多斤。走了14里路，到了镇上。庆吉斋的老板说：'你俩的柴，我买了。'父亲见这家店铺不仅卖副食，还卖食盐，就说：我要买盐。一称柴，老板说：'只能换九钱九分五，你的柴还好，就给你一两食盐吧！'"

⊕ 徐树铮还书钱

民国直皖军阀大战，直军逼近北京；皖系的徐树铮开始逃跑，他冲出家门，冲进银行取款，又冲进书店，还欠老板书钱。书店老板大惊，说：都这节骨眼上了，你不说快点逃命，还来还钱？徐树铮笑曰：现在不还，怕以后没机会了。说完转身哇哇哇逃跑…这就是旧军人的风骨！

⊕ 张宗昌老母不可辱

一次张宗昌在徐州，其母随行赴宴。席上有鲜荔枝，张母不知如何吃，便连壳吞下，当众出丑传为笑谈；张见状，第二日又大开宴席，将前次宴会的主客统统招来，特嘱厨师专制荔枝状糖果奉上，几可乱真。进食时张母从容自若，仍囫囵吞食。客人不知里就，反而欲剥壳再食，张遂雪前耻！

⊕ 张宗昌求雨

1925年，张宗昌督鲁，适逢天旱，济南的各界百姓请张宗昌参加祈雨仪式。张宗昌虽然不信这一套，但还是要装装样子。于是，让人在龙王庙设坛念经，他将亲自去祷告。

民间听闻，皆大欢喜。到了祈雨那天，张宗昌果然来到龙王庙，他既不上香，也不祷告，在百姓关注的目光下，径直走到了龙王塑像前，上去就给了龙王一巴掌，大声骂道："日你妹子，你不下雨，害得山东老百姓好苦啊！"骂完了，登上小汽车扬长而去。

第二天，万里晴空，仍然没有要下雨的意思。张宗昌大怒，命令炮兵团在千佛山下摆开十九尊山炮，实弹向天空袭击。谁知，天上飘来乌云。张此举，不过是泄愤而已。不料，炮弹发射到天空后不久，大雨忽然从天而降。百姓喜极而泣。当时报纸刊发新闻，前所未闻的求雨术。

有此传说，权供一笑。

⊕ 蔡锷和小凤仙的交往不背家人

蔡锷虽涉足花台，但并不常去。据蔡锷长子蔡端先生回忆，其生母潘夫人给他讲过，有一次蔡锷陪家眷去看戏，开场前指着包厢里一年轻女子对潘夫人说：她就是小凤仙。从这个细节可以得出两个信息：一、蔡锷看戏是和家人在一起而不是和小凤仙出双入对；二、蔡锷和小凤仙的交往并不背着家人。

⊕ 杜月笙重视对子女的教育

杜美如是杜月笙四太太姚玉兰生的女儿。

在杜美如的记忆中，杜月笙对子女的教育极为重视，严格要求他们的学业，严禁其沾染烟赌娼。常常跟儿女们说他小时候穷得很，没有机会念书，要儿女们珍惜现在的读书机会。杜美如一次外语考试成绩不佳，被他用鞭子责打10下。

⊕ 我不希望我死后你们到处要债

1951年夏，杜月笙病入膏肓。处置遗产时，身边仅有11万美元。遗产分配大致如下：每个太太拿1万美元，儿子拿1万美元，没出嫁的女儿拿6000美元，出嫁的拿4000美元。在此前，杜月笙销毁了别人写给他的所有借据。他对子女说："我不希望我死后你们到处要债。"

⊕ 杜月笙对外孙女的忠告

上海滩大亨杜月笙忠告小外孙女：1.不沾烟酒者皆自私，一般不可托终生。2.吹拍你者最能背叛你。3.70%凶杀案发于熟人间，与熟人当持距离，不可日日混一起。4.胆小男孩一般能成大器，流泪男孩有爱心。5.爱骂人者都不自信。最安静者往往最有实力。6.爱背叛的女子，一生命薄。早年的班花、校花没几个晚年幸福的。

⊕ 咬口生姜喝口醋

离家远行前，母亲要张治中咬口生姜喝口醋。这句在安徽洪家疃村流传着的古训，寓意在人生的岁月里，只有能够承受所有的苦辣辛酸，历尽艰苦，才能成人立业。

⊕ 原来烧饼是热的

辛亥革命后，爱新觉罗·恒煦自己拿钱到烧饼摊前买了两个烧饼。当小贩把烧饼放到他手里时，他愣了："咦，怎么这烧饼是热的？"他咬了一口，美味无比！原来，以前王府的下人们都是买凉烧饼。他们担心如果买了热的，万一哪次凉了就坏菜了。阿哥过上平民生活，也尝到了民间美味！

⊕ 愚人节新闻弄假成真

1946年的愚人节当天，上海《辛报》上刊登了一则新闻——《姜公美今日枪决》。

姜公美是国民党上海宪兵队队长，在抗战胜利后的接收中，大发横财，老百姓人人皆知。但在报纸上发布这个所谓消息时，军方已悄悄判他无罪。

就在这个愚人节玩笑后不久，上海市长宣布，姜公美应由司法机关审判，军方无权判决。之后，对姜公美一案重新审判。判决结果，也是一波三折。先是宣判姜公美有罪，判刑5年；可还没开始坐牢，却又将5年徒刑改为枪决。

愚人节的玩笑，最后竟然成了真。

⊕ 守身如玉的杨韫

杨韫，年幼丧父，寄居在舅舅（刘海粟父亲）家，和表哥刘海粟青梅竹马。她得知表哥要和富商千金成亲，便离开刘家避而不见。而刘海粟却从洞房逃跑，到上海找表妹。杨韫立誓不嫁，改名守玉，意守身如玉。刘海粟后来和三个女学生结婚，杨守玉自强不息，创立了苏绣"乱针绣"。她在晚年见了表哥一面，开始绝食逝世。

⊕ 一段错失的"娃娃亲"

国军将领路景荣、王禹九，是军中至交、结拜兄弟，两位将军当初有意让孩子结为秦晋之好，订下了"娃娃亲"。不料，路景荣在淞沪会战时牺牲；两年后，王禹九在南昌会战时殉国。美好的一切，被战争击得粉碎。

70年后，路景荣儿子路月浦、王禹九女儿王文黎，几经周折，聚首南京。在两人翻看老照片时，发现了一张两人都有的照片，要不是王文黎的母亲在照片后留有字据，恐怕两人都不知道，照片上手挽手、一脸稚气、并坐在石阶上的一对孩儿，就是订了"娃娃亲"的自己。

⊕ "唐瑛款"洋服

上海名媛唐瑛有专配裁缝，她记性出众，每次逛街，看到新式洋服，觉得买下并不过瘾，而是将样式默记于心，回家后画出图样，在某些细部做些别出心裁的修改，然后吩咐裁缝用顶好的衣料做出。这样的洋服唐瑛穿在身上，绝对不必担心与任何名媛"撞衫"，其时髦和前卫的水平，旁人无法看齐，世人曰之"唐瑛款"。

⊕ 自家人不识自家人

顾维钧的第三任夫人黄蕙兰的父亲黄仲涵，是瓜哇华侨首富，被称"糖王"。他自己承认的姨太太共有18位，42个孩子。

这个庞大混乱的大家族，常常会闹出大水冲掉龙王庙，自家人不识自家人的笑话。

黄蕙兰与顾维钧结婚后由伦敦回北京，途中在槟城下船。忽然有两位小姐拍她的肩膀，微笑着对她说："我们是你的妹妹。"黄蕙兰不识，再看看模样，的确相像。

一个最大的笑话是，糖王最后一个姨太太贺露西的儿子在美国爱上了糖王另一个姨太太的孙女儿。他们虽不是一母所生，但男孩的父亲却是女孩的祖父。

他们在美国不能结婚，最后跑到荷兰去办婚事。

⊕ 莫名其妙的"通敌罪"

何键离任湖南省主席，断的最后一个案子是处决一名嫁与日本商人为妾的妇女。日本商人已回国，而何键认为这名妇女犯下了"通敌罪",且损害了中华女性形象。

⊕ "小脚女人"视为辱国

民国后,舆论将"小脚女人"视为辱国标志。据《蓺菲闲谈》记载:20世纪30年代,西安严禁缠足妇女出入公共场所,烟台也限制缠足女子在街市上行走。开封的警察看见缠足妇女,竟然要当街剥卸裹脚布。最严苛的是福建的漳州,小脚女人上街居然要冒着被鞭子抽打屁股的风险。

⊕ 《良友》红极一时

1926年春,《良友》诞生在最具国际气息和时尚敏锐感的上海。这是中国第一份大型综合画报,创刊号共售出7000册,可谓一炮而红。

《良友》曾在80多年前,就发行至全世界70多个国家和地区,迄今为止,恐怕尚无一杂志可与之比肩。民国人称它为"《良友》一册在手,学者专家不觉得浅薄,村妇妇孺不嫌其高深"。

⊕ 露着半截胳臂,成个嘛样子

吴小如回忆,民国之初,妇女虽仍以裙袄为主,青年女子间亦有着旗袍者。而总的趋势却是不论长袍短袄,袖子都逐渐短了起来。其实所谓"短",不过在腕之上、肘之下,微露小臂而已。有次堂会是孙菊仙的《四进士》(孙扮宋士杰)。演至醉打丁旦时,丁下场后,孙老竟摘下髯口,当场发表演说,指座上时装妇女"露着半截胳臂,成个嘛(去声)样子"。

⊕ 落籍妓院的女匪首

张素贞号称"驼龙",辽阳人。自幼贫寒,母亲死后,被卖到长春"玉春堂"妓院,时年16岁。1919年被自称"仁义军"的王福棠赎身,结为夫妻,后王福棠被杀,张素贞被推为首领,号称"驼龙",发誓要报血海深仇。

张素贞惯使双抢,骁勇善战,屡次挫败围剿的官兵。1924年队伍被击溃,张素贞只身逃脱,无处投奔,遂落脚于公主岭妓院。1925年1月8日在鸿顺班妓院被捕。同年1月19日被押赴长春枪决,时年25岁。

⊕ 13个子女都成为博士

六十多年前,从大陆驶往台湾的太平轮与建元轮相撞沉如大海,成为中国的"泰坦尼克号"。国际神探李昌钰的父亲、如皋富商李浩民,也随太平轮魂断大洋。李氏家族因此衰落,却在李浩民之妻王淑贞辛苦操持下,李家人才辈出,13个子女都成为博士。再次走向兴旺。

⊕ 你过你的年我过我的年

1912年，南京临时政府颁令全国，中华民国采用阳历，而阴历并存。这样，习惯了过农历新年的人们出现了不知什么时间过年的尴尬。通俗以阳历为"官历"，农历为"民历"，"新旧参用，官民各分"。岁时令节，既按农历进行农事活动和过传统节日，又按阳历进行政治活动和新节日纪念，乃至过年也是"新历之新年，系政治之新年，旧历之新年，乃社会的新年"。北京有文而黠者，撰一春联曰："男女平权，公说公有理婆说婆有理；阴阳合历，你过你的年我过我的年。"闻者绝倒。

⊕ 民国征婚

1930年第1期的《青天汇刊》上，收录了一位男子的征婚启事。现年24岁的"某君"，准备去欧美国家考察学习，离开之前想找一位女伴。倘若女方也有意出国，"某君"愿意出资赞助；如果不愿意，那待他回来后两人结婚也可。"某君"共提出了六项条件。比如，年龄应在17岁至20岁之间，身家清白，初中毕业及以上（大学生更好），性情温和，思想活泼。还特意指出了对女方身体的期待——"奶部未曾压束者"。如果对方也看过张竞生的《性史》，那就再好不过啦！

无独有偶，该刊物还登载了一位"静娜"女士的文章，好像是对"某君"征婚广告的回应。静娜说，自己年方十九，性格腼腆。走在大街上，看到贼眉鼠目的男士，往往会忐忑不安，面红耳赤。对于"某君"提到的《性史》一书，静娜说曾经也看过，但并不很喜欢，因为作者过于站在男人私利的角度上看问题。不知道"某君"看了上述回应，有什么感觉呢？《青天汇刊》没有继续登载，也就无从得知了。

⊕ 长沙妹子大方开通

民国时候，长沙岳麓书院旁有一家姓孔的老板开的饭店，名曰"孔恒兴"，湖南大学的师生叫它"孔家店"，有好事者作联云：是孔子裔，结名山缘。抗战爆发，北大、清华等校南迁，成立长沙临时大学。一日，临时大学教授浦薛凤邀朋友至岳麓山赏红叶，然后在"孔恒兴"用餐，但店小客多，一时找不到座位，孔老板便腾出女儿即要结婚的新房，为这些教授设了个雅座，且由新娘子出堂递饭端菜，浦薛凤感慨道："长沙妹子之大方，较之其他地方女子更为开通。"

⊕ 民国"天乳运动"

20世纪二十年代末，北大教授张竞生成了乳房解放的舆论引导者，他说："束胸使女子美德性征不能表现出来，胸平扁如男子，不但自己不美，而且使社会失了多少兴趣。"一时间，大家闺秀开始悄悄放胸，让乳房自由呼吸，自主生长。当时，新闻媒体称为"天乳运动"。国民党广东省政府甚至通过朱家骅的提议，发文公布："限三个月内所有全省女子,一律禁止束胸……倘逾限仍有束胸,一经查确,即处以五十元以上之罚金,如犯者年在二十岁以下,则罚其家长。"随后,解放乳房运动蔓延全国。

⊕ 阮玲玉死了,我们活着还有什么意思?

影星阮玲玉自杀引起了社会上很大震动,有不少喜爱她的观众依然追随其香魂而逝。上海戏剧电影研究所的项福珍女士,听闻噩耗,随即吞服了鸦片自杀;绍兴影迷夏陈氏当天吞服毒药自杀;杭州联华影院女招待员张美英也因痛悼阮玲玉服毒自尽。单是1935年3月8日这天,上海就有5名少女自尽,其他地方的追星成员也有多位。她们留下的遗书内容大同小异。"阮玲玉死了,我们活着还有什么意思?!"

⊕ 山西没有一家孔子后人

潘光旦善治年谱,孔祥熙欲请他证明自己是孔子后裔,潘光旦说:"对不起,山西没有一家孔子后人。"

⊕ 当街吸烟割其唇

杨森在四川厉行风化教育。一次川南举行运动会,他突然下令现场数千女观众褪下裹脚布,即刻焚烧,致臭气熏天。另外,街上有穿长袍者,当即剪刀裁去一截;乱吐痰者，令将其衣揩拭干净，然后罚跪；街头衔吸香烟，则割其唇，可谓酷罚，无人敢试。

⊕ 徐家汇由徐光启而名

宋氏三姐妹的母亲倪桂珍，是徐光启第十六代孙的外孙女。徐光启，1562年4月24日出生在松江府上海县法华汇（后为了纪念徐光启而改名为徐家汇），官至崇祯朝礼部尚书兼文渊阁大学士、内阁次辅。徐光启是"几何"译名的发明者。

⊕ 民国政府新礼制：脱帽鞠躬

1912年8月，民国政府公布新礼制：男子礼以脱帽鞠躬，庆典、婚礼、丧礼等用脱帽三鞠躬，公宴及寻常庆吊、交际宴会用脱帽一鞠躬，寻常相见用脱帽礼。女子礼用鞠躬但不脱帽，寻常相见用一鞠躬。

⊕ 民国后女子始上班

1916年，全国共有近24万女工集中在手工业等轻工业企业当中，而少数女子在教会医院、学校、剧团等供职，女子登台演戏也是在辛亥革命后。民国后社会发展的大势，决定了女子走上社会，从事适当职业已不可扭转。

⊕ 第一批中国股民

证券交易对中国人来说是舶来品。清末，西人在中国设办证券交易所，引起了有识之士的注意，梁启超曾首倡交易有价证券，但没有得到晚清政府的支持。1914年，上海华商股票商业公会成立，初具证券交易所规模。1920年7月1日，上海证券交易所正式开业，从此有了第一批真正意义上的中国股民。

⊕ "梳头婆"到理发店

民国初年，妇女不敢进理发店理发，这时就出现了新的理发行当。一些原是在大都市替富宦人家的太太、小姐梳妆打扮的妇女开始为北京妇女理发，大家叫这些人为"梳头婆"。1926年有了专门为女子理发的理发店，或在理发店里专设女部。店铺设备、匠师技艺、所用器具和材料都逐渐西化，改用推子、剪子、洋刀、沙发转椅和厚玻璃长镜。

⊕ 月份牌造就广告人

在20世纪初到40年代，上海活跃着一批以月份牌画和插图画为谋生工具的大师，他们才华横溢、经历传奇，在中国商业经济最发达的地方上海，他们把自己的技能与商业经济结合起来，形成了中国历史上第一批有真正意义的广告人。

⊕ "大重九"香烟来历

云南滇系军阀首领唐继尧好色,手下有军官叫庾恩旸,妻有殊色,为便私通,唐派遣庾上前线。庾在贵州毕节遇刺身亡,然军中射杀庾之子弹,来自滇军。昆明舆论窃议纷纷,庾家不平。唐遂让其弟庾恩锡做云南水利局长,资助做烟草生意,创品牌"大重九"。

⊕ "访员"为湘省第一代记者

长沙报纸出现在 1898 年的湖南维新运动中,但在长沙报纸出现后数年间,长沙有报纸,而无现代新闻意义上的记者。

最初,长沙报纸上登载内容,多为报社"撰述员"撰写,其内容近似今天报纸上的评论或理论文章,此外报纸上刊发的就是官府衙门送来的各类需刊发的重要文告等。直到 1904 年长沙开埠后,长沙及各县州才忽然涌现出一大批替报社写稿、记事的"访员",他们是湖南出现的第一代记者。这一代"访员"多为科举出身,"操守纯洁,无妄为者"。

⊕ 民国初扼杀中医

1929 年初,新成立的国民政府卫生部主持召开了一次"全国中央卫生会议"。这次大会最后提出了一个《旧医登记案(草案)》,要求全国所有未满 50 岁,从业未满 20 年的旧医（中医）从业者，均须经卫生部门重新登记，接受"补充教育"，考核合格，由政府的卫生部门给予执照，方才准许营业；50岁以上的中医，营业对象也受到很大的限制。《旧医登记案》还提出，需要规范旧医的发展，其中"不许宣传旧医"、"不许开设旧医学校"是两条比较重要的"限制"。

⊕ 名医诊金一银元

20世纪20年代，萧龙友、孔伯华、施今墨、汪逢春被称作京城"四大名医"。他们轻易不出诊，在诊所坐诊也常人满为患。诊金很贵，当时，看一次病诊金一般是一块银元。一块银元在二十年代末，差不多够过年置办一三轮车的年货。一般老百姓是看不起的。

⊕ 严仁美出生时无发

昔日上海滩的美人严仁美，94岁仍头发浓密，没有几根白头发。人们向她讨教养发护发的绝招，老人笑着说："我也不知道是为什么，反正这头发它就长成这样，很听话。其实我很小的时候，头上是不长头发的……"

严仁美八个月即出生，其母见出生的孩子头上无发，很是失望。祖父为其取名"仁美"，希望其越长越漂亮。严仁美的母亲听说头发剃光就会长头发，便在严仁美两岁之内，先后七次将其头发剃光，但效果不大。在其两岁时，一位任职小儿科医生的亲戚将她带到英国去，几番调教，待归国时，已是一头乌发。

⊕ 蔡康永母亲是标准上海名媛

台湾艺人蔡康永描写他的母亲，是个标准的上海名媛：每天12点起床洗头，做头；旗袍穿得窄紧；心情好的时候，自己画纸样设计衣服；薄纱的睡衣领口，配了皮草；家里穿的拖鞋，夹了孔雀毛。蔡康永像看客一般，望着自己的母亲靠在墙边抽烟，眼光飘忽阳台外——他用了一个词：艳丽。

⊕ 第一个将轿车开进校园的复旦校花

民国外交家顾维钧的晚年伴侣严幼韵，是上海滩大小姐。
1927年，严幼韵由沪江大学转入复旦大学商科，成为该校的首批女生。

当时，严幼韵住在静安寺，离复旦比较远，她就坐着自己的轿车到学校上课。家里给她配了个司机，她自己也会开车，常常是司机坐在旁边，她开车，很多男生每天就站在学校门口，等她的车路过。因为车牌号是"84"，一些男生就将英语"eighty four"念成上海话的"爱的花"。

⊕ 不失名媛之优雅

上海永安百货的大小姐郭婉莹，自幼喝牛奶咖啡说英文，在伦敦生长，回国就读于基督教会中学、燕京大学。无论是做富商的千金、尊贵的少奶奶，还是"文革"中家里所有的东西悉数充公，连结婚礼服都不剩下的时候，她独自承担一家的灾难，扫厕所、挖河泥、养猪……，干一切粗活脏活，却仍积极对待生活，她对自己的孩子说：你们看，没有妈妈不能做的事情！她永远不变的是讲究与教养，八十多岁时，依然苗条、优雅。

⊕ 麻袋装钱购物

1947年2月1日，金价涨至每两40.6万元（旧币），美元与法币的比值达到1∶7700。法币币值惨跌，带动了其他民生必需品价格上扬，日用洋货普遍上涨1倍，米价腾升。至2月8日，上海物价指数是战前的1.2万倍。民众上街购物，要用麻袋装钱放到黄包车上。

⊕ 20世纪二十年代教师工资

1926年底，武汉国民政府筹措教育经费，将小学教师的月薪增至20个银元以上。1933年，湖北省立第一小学的月薪为39至56元；省立第一、二、三中学的月薪多在60～80元之间，可买1两黄金。1935年，汉口的金价最高90元、最低76元，上海最高96元、最低77元。

⊕ 汉口悦昌新绸缎局员工待遇

汉口过去有家悦昌新绸缎局，营业员工资最低10元，最高40元，一日三餐的伙食由店方提供，早上馒头、稀饭、油条，中午和晚上四菜一汤，八人一桌，节假日加菜。每年还有两个月例假（学徒除外），下江籍的回家，报销车费。穿衣有津贴，每年多发一个月的本人工资。

⊕ 唐群英创办湖南职业女学

民国成立一年后。被孙中山称赞为"创立民国的巾帼英雄"的唐群英在长沙创办数所女子职业学校，如长沙女子法政学校、女子自强职业学校、女子美术学校等。在民国时期，湖南女学以职业女学为主流。

⊕ "五四"精神：允公、允能

1945年，抗战胜利的那个秋天，重庆南开中学举行作文比赛，题目为"论述南开精神"。一位高一学生突然想到南开精神就是"五四"精神，"允公"就是"民主"，"允能"就是"科学"，"日新月异"就是破旧立新，他"越想越激动，字迹潦草，墨迹斑斑，卷面肮脏"，结果竟获得了第二名。一丝不苟的喻传鉴主任亲自找他谈话："你知道你写得这样乱为什么还得第二名吗？就因为你论述南开精神有独到之处……可见你肯于思索，有头脑……现在的中国就是需要民主，需要科学啊！"

⊕ 挽赛金花联

1936年冬天，赛金花油尽灯灭，享年64岁。她死后身无分文，多亏一些同乡的名士发起募捐，为她办妥了后事，将她葬在陶然亭的锦秋墩上。

当时的报上刊登了一副挽联：救生灵于涂炭，救国家如沉沦，不得已色相牺牲，其功可歌，其德可颂；乏负廓之田园，乏立锥之庐舍，到如此穷愁病死，无儿来哭，无女来啼。

⊕ 老北京"东富西贵"

老北京"东富西贵"有三种说法：第一，东和西指老东城区和老西城区，因清末东城区多商家，西城区多王府。第二，西指老宣武区，东指老崇文区，因清制汉官非功不得居内城，故汉吏多住崇文，他们与商人暗中勾结，多成富人，而汉官多住宣武，清室为汉功臣赐第也多在此。第三，指前门大街，它东边多票号、大买卖，故称富，西边多会馆、戏园等，故称贵。

⊕ 林语堂《论语》讽法币

《论语》杂志149期载:"法币满地,深可没胫,行人往来践踏,绝无俯身拾之者,谓之'路不拾遗'。"一副流传的对联《赞财政当局》:"自古未闻粪有税,而今只谓屁无捐。"

《论语》刊载民谣以讽法币:"平平涨涨涨平平,涨涨平平涨涨平,涨涨平平平涨涨,平平涨涨涨平平。"

⊕ 徐世昌为鸟辞佣人

民国总统徐世昌爱鸟成癖,他家中有个会学舌的八哥,地位远远高于佣人。他每日工作,都叮嘱佣人小心伺候八哥。一天,不知何故,八哥不吃不喝了。徐世昌急在心头,喊来佣人,大骂"蠢货"、"饭桶",毫不犹豫地把那个伺候八哥的佣人辞退,才算稍解心头之怒。

⊕ 梅贻琦夫人韩咏华生活艰苦

1955年,梅贻琦赴台湾就"教育部"部长、台湾清华大学校长职。夫人韩咏华继续留在纽约独自生活。梅贻琦赴台后领的是台币,薪水微薄,远不能维持夫人的生活开销,一生倔犟要强的韩咏华开始到外面打工。此时韩咏华已六十二岁,先是在一家衣帽工厂做工,后转一家首饰店卖货,继之经人介绍到一家医院做护工,最后转到一个盲童学校照料盲童,生活极其艰难。1959年,清华校友阎振兴从美国赴台,曾谈及韩咏华:"我曾经探望过梅师母,生活太苦,必须跟梅先生说,设法给师母汇钱,或接她来台湾!"说着眼中就充满了眼泪。梅贻琦得知后,无奈自己薪金微薄,无法汇钱照料。

⊕ 教授夫人的"定胜糕"

抗战末期的1943年,物价飞涨,为了改善家庭开支入不敷出的局面,西南联大校长梅贻琦的夫人韩咏华、潘光旦教授夫人赵瑞云、袁复礼教授夫人廖家珊,合作生产小食品出售。三人的分工是这样的:米粉、食用色素等原料由赵瑞云经办,廖家珊家为作坊,韩咏华负责销售,她提着篮子到廖家取货,视销售情况,每周一两次送到冠生园食品店寄卖。她们把产品起名为"定胜糕",喻抗战一定胜利之意。

⊕ 中国广告业发轫于上海

20世纪20年代,在上海诞生了中国第一家广告公司。1924年胡一记老广告社把分社开到上海。1926年美国哥伦比亚大学经济硕士林振彬也把广告公司开到上海。外地的广告企业也纷纷迁到上海,到1935年,中外广告公司已经有一百多家。可见,当时上海的广告行业已相当发达,是中国的广告中心。

⊕ 新新公司"玻璃电台"

上海新新公司不仅是与先施、永安、大新可堪比肩的大型百货公司,他更别出心裁,自行设计、装备了上海第一个由中国人创办的广播电台,因电台的房子四周是用玻璃隔断的,俗称"玻璃电台"。电台日夜不停地为新新公司大作广告,并不定期播放新闻和广受大众喜爱的音乐、戏曲等节目,有时还不惜重金聘请当红歌星到现场点唱,故而很有名气。1949年5月25日上海解放,电台最早向全市人民广播这个重要消息并播放革命歌曲。

⊕ 上海最早使用自动扶梯

上海最早使用自动扶梯是南京路的大新公司。民国25年(1936年)1月10日大新公司建成开业。商场中间自动扶梯启动,把铺面的顾客送上二楼、三楼,十分方便。沪人称奇,扶老携小来大新公司乘一乘自动扶梯。外地人到上海来"白相南京路"也要到大新公司乘自动扶梯。大新公司由是名声大振,生意兴隆。这部自动扶梯既是上海最早的一部,也是解放前唯一的一部,解放以后停开,1982年3月始恢复。

⊕ 先施公司率先雇用女店员

上海先施公司的创办人中有一位不能不提的巾帼英

雄——马应彪的原配夫人霍庆棠女士。20世纪初年的中国，封建意识异常浓厚，女子要留在深闺服侍男人。霍庆棠偏偏认为时代已经进入20世纪，男女平等不容置疑。于是为了方便女顾客，先施公司决定招聘女售货员。无奈招聘启事贴出一个多月，却没有人敢来应聘，老板娘一不做二不休，亲自披挂上阵做起了公司化妆品部的售货员，还带动两个小姑和她一起售货。她不但仪态端庄，而且善于辞令，熟识货品性能，周旋于顾客之间，深受男女顾客欢迎。一时间"三个女人同台站"的佳话传遍上海、香港和澳门。

⊕ 老太太不识简体字

1949年，李敖全家撤退到台湾了，留下了在北平读大学的姐姐。从此，他们天各一方30多年未见面。1983年，李敖的姐姐辗转香港和母亲张桂贞见面，母亲无法相信女儿都那么老了，姐姐也觉得妈妈怎么变成了奶奶。后来李敖母亲迁居大陆，经常在看报纸时突然取下眼镜，把报纸一摔，说：全是错别字！

⊕ 药房证真广告

民国时期，有不法之徒将不值钱的普通药粉随便装瓶，自行印制莫名其妙的外国商标，以充名药，糊弄大众。由于进口西药做伪太多，乃至被冒仿的商家不得不采用诅咒发誓的形式，登报声明自己卖的是真药。所以，从《申报》的药房广告上,常常能看到商家自证清白之语:"假药欺人,雷击火焚"、"伪药欺世误命,天诛地灭,男盗女娼"。这相当于今天商家广告常用的"假一赔命",成为民国报纸上的一道别样风景。

⊕《申报》广告:"唱戏机器"

20世纪初,唱片首见于上海出售。1903年由英国留声机公司在上海和香港灌录并出版了7英寸、10英寸两种规格单面唱片共计476面,片心黑色,上印"GRAMOPHONE CONCERT RECORD"唱片名称,商标是一位坐着的"小天使"。"小天使"唱片是上海最早发行的在国外制造的中国戏曲内容的唱片以及外国唱片。英商"谋得利洋行"1903年开始在上海经营留声机和那些唱片。1904年1月12日的《申报》刊登了"谋得利洋行"的广告:"唱戏机器"和"京调、小曲准于十一月十五到申",这是可见到的最早的售片广告。

⊕ 文凭做假

北平的琉璃厂有××斋,被学生称之为"文凭斋",中学文凭可以造出四五十个学校,售价3元,大学文凭则能造出朝阳大学、中国大学等两三个私立学校的文凭,售价15元。

由于"××斋"卖文凭猖獗,1940年被官府查封。但老板出狱后,又重操旧业,还开展了快递业务,办证者可来函汇款办理。因为朝阳大学、中国大学两校的假文凭太多,用人单位遇到时总是留了一只眼。比如，1944年，一位河南某县的民政科长，将伪造的中国大学文凭交到省政府铨叙处。铨叙处发现印章可疑，遂致电教育部，查询该年中国大学毕业生名单中是否真有其人，查询无果，此人受到撤职处分。

⊕ 不幸周郎竟短命，早知李靖是英雄

蔡锷去世后，在北京中山公园举行的追悼会上，小凤仙悄然而至，呈上挽联："不幸周郎竟短命；早知李靖是英雄"。当她随众步入会场，向遗像鞠躬时，被人发现，随即离去，人们寻访，竟不可得。此后数十年，她消失了。也许，她正混在人群里，听人讲蔡锷故事……

⊕ "小凤仙"晚年窘迫

蔡锷去世后，"小凤仙"自杀、再嫁……，历尽坎坷，后来改名张洗非，嫁于沈阳一锅炉工。锅炉工李海潮已有二、三儿女，"小凤仙"过去当了继母，随后直至晚年因病去世，"小凤仙"的时光都是和他们联系在一起。竟不想，子女们是在继母死后多年，有研究这段历史的人员追寻到她们这里，才知道并确认其继母就是"小凤仙"。据其继女回忆，母亲生前有很多与别人不一样的地方，尽管清贫，她衣着讲究，一定要穿旗袍，并且还要在胸前别一个小手绢。不擅长煮饭做家务，但是每日必定早起去散步练嗓子。子女们谈到，虽然这位继母五谷不识，不勤于家务，但就是觉得她非同常人，能使人信服。后来继母竟能联系到梅兰芳并与之见面，继女更觉得这个母亲是个不寻常的人。

⊕ 陪嫁丫环王桂荃

梁启超夫人李蕙仙嫁到梁家时，有个叫王来喜的陪嫁丫环，梁启超嫌名字太俗，随口改成王桂荃。

1903年，在李蕙仙的准许下，她成为梁启超的侧室。但当年，梁启超和谭嗣同一起创办"一夫一妻世界会"，他不能食言，因此，连小妾的名分，他都无法给她。

王桂荃无怨无尤，在为梁启超生下七个孩子后，仍然不曾向他索取名分。

李蕙仙因乳腺癌去世，五年后的深秋，梁启超撒手人寰。梁启超没留下多少遗产，却留给她九个尚未成年的儿女，最小的只有四岁半。

她成了梁家的顶梁柱。她称一大群孩子是她可爱的宝贝。他们成年后皆为才俊，其中梁思成等三位成为中国科学院院士。

⊕ 风云母女，晚景凄清

黄逸梵，原名黄素琼，湖南长沙人。她是著名作家张爱玲的母亲。其祖父黄翼升是清末长江七省水师提督，通常称军门黄翼升。

黄逸梵长到22岁时，嫁清末名臣张佩纶的独子张志沂为妻。当时，这桩婚事人人称羡为"金童玉女，门当户对"。然而，接受了新思想的黄逸梵无法容忍丈夫吸食鸦片、嫖妓、娶姨太太，更看不惯他无所作为，最终，致使黄逸梵出走国外，到后来一生漂泊在国外，成为中国第一代"出走的娜拉"。

1957年，张爱玲远居美国，生活困顿。8月，张爱玲得到消息，黄逸梵在伦敦病重，需要做手术。张爱玲大抵也能猜到，母亲是想见她一面。弟弟张子静在大陆不可能出来，美国的张爱玲成了她唯一可能见到的至亲。此时的张爱玲，根本负担不起远行的旅费，她给母亲写了信，随信寄去一百美元，聊作支持。黄逸梵很伤心，一个月后，孤寂地死去。

⊕ 把学校还给我

1939年张治中到重庆，胡子靖那个时候也在重庆。张治中想去胡子靖府上，胡子靖不欢迎张治中，他拐杖往地上直顿，说：把学校还给我，再来见我！

胡子靖是明德中学的创办人，明德在长沙"文夕大火"中被毁。

⊕ 小学生不向汪精卫敬礼

田汉说，他在以长沙大捷为题材的《胜利进行曲》中，写到的影珠山下的三个小学生的事，是一件真事。三个学生的学校叫开物学校，敌寇入侵该校时，捉住了三个小学生，拿出汪精卫的照片问学生可认得是什么人,学生们说:"这是汉奸汪精卫。"敌寇打他们的嘴巴,要他们承认是领袖,向他敬礼。三个学生们全部不屈,被鬼子残忍杀害。

⊕ 长沙学生组织的"晨呼队"

1938年,长沙出现学生"晨呼队"。《周南中学校志》刊载该校女生李淑元参加晨呼队工作的情形:"每天一大早,我们一分队的十余人,分两人一组,从泰安里到寿星街,再到潮宗街,分片包干,挨家挨户去捶门打户,高呼'国难当头,大家要觉醒,不能再醉生梦死……'"

⊕ 王妃离婚

1931年夏,末代皇帝溥仪的淑妃文绣突然出走,并通过律师,发出了一个律师函给溥仪。律师函曰:事帝九年,未蒙一幸;孤枕独抱,愁泪暗流,备受虐待,不堪忍受。今兹要求别居。溥应于每月定若干日前往一次,实行同居。否则唯有相见于法庭。

最后,通过法庭庭外协调,签订了自愿离婚协议。

⊕ 湘雅毕业生美国均授博士

1921年6月,湘雅医学专门学校第一批学生共10人毕业。美国康涅狄克州政府认为"湘雅"毕业生的学识和水平，与其本国医科大学的水平相当，所以依据该州宪法授权美国雅礼会授予这些毕业生以医学博士学位。1935年以后，中国实行学位制度，对"湘雅"毕业生授予学士学位，但美国雅礼会仍以博士学位授予"湘雅"的毕业生。

⊕ 民国戒烟

民国初期，当时的政府因认识到鸦片烟毒之害，曾开展过声势浩大的禁毒运动，并一度波及禁吸卷烟。民间也随之开展了不少自发禁烟或戒烟的活动，如成立"劝戒纸烟会、不吸卷烟会"等组织，印制传单、在报章刊登广告进行宣传等，甚至坊间发现有"戒菸"的戒指。

⊕ 民国房价

1919年，为了全家团聚，鲁迅和周作人花了3675元买下八道湾11号一座"三进的大院子"。1924年，鲁迅花不到1000元买下阜成门内西三条的一套四合院。鲁迅的收入，包括教育部月薪300元及稿费、讲课费。按1919年和1924年北京市米价折算，八道湾房产约需鲁迅一年的工资，而西三条四合院只值两三个月的工资。

⊕ 中国第一块汽车牌照

1902年时，有个匈牙利人将两辆汽车从海路运抵上海使用，这两辆车上的牌，是马车的牌照。往后，随着外国人渐渐涌入上海淘金，到了1912年上海已经有汽车140辆了。为了便于管理，工部局决定对汽车发放牌照。

中国的第一块汽车牌照并不是被中国人拿下的，而是被一名丹麦籍的医生拍走的。只不过他后来回国了，连同汽车和牌照一起被宁波籍的房地产大王周湘云的弟弟周纯卿买去。

⊕ 光绪年有自行车

光绪年间后期，在京城街头偶有自行车出现。当时有一首《竹枝词》唱道："臂高肩耸目无斜，大似鞠躬敬有加。嘎叭一声人急避，后边来了自行车。"

⊕ 民国公务员考试

1931年7月15日，当时的南京国民政府开始了第一次公务员高等考试。从7月15日一直考到7月21日，长达一个星期。考试内容也十分庞杂，如普通行政人员考试科目就包括：国文、党义、民法、刑法、行政法、财政法、中国近代政治史等等12门之多。

据统计，这次考试共有1872人参加，考生以江苏（20%）、湖南（12.5%）为最多。最后计算总成绩的方式是：一试占40%，二试占40%，三试（面试）占20%。

⊕ 南京"绿肺"由来

被称为南京"绿肺"的紫金山，植被茂密，古树参天。源于1911年，美国传教士裴义理和实业家张謇等人在南京组织"中华民国义农会"，赈济灾民。义农会的宗旨是"招选贫民，酌给费用，开垦荒地，并教以农事与园艺之法"。

裴义理曾拜见孙中山，请求提倡造林防止水灾。1913年，裴义理创办灾民子女学校。同年，孙中山莅临金陵大学，批准拨给紫金山、青龙山官荒地4000亩，作为义农会垦荒造林之用。

⊕ "大闸蟹"考

苏州文人包天笑在《大闸蟹史考》中说："'大闸蟹'三字来源于苏州卖蟹人之口……人家吃蟹总喜欢在吃晚饭之前，或者是临时发起的。所以，这些卖蟹人，总是在下午挑了担子，沿街喊道：'闸蟹大闸蟹。'这个'闸'字音同'SA'（在当地方言中如是），蟹以水蒸煮而食，谓'SA'蟹。"

又考，此"闸"当为"煠"，音同。古人有云"菜入汤曰煠"，所谓"煠"，即以热水（即古语的汤）蒸煮食物。